KiKi BUNKO

十三月の子猫

溝口智子

Contents

13gatsu no koneko

二月のうさぎ

朝起きてすぐラジオをつけると、いつもの番組のパーソナリティが今日は十二年ぶりの大雪だと伝えていた。積雪は十六センチメートル。雪国の人には当たり前の景色かもしれないが、この街では珍しい。咲良《さくら》もこんなに降り積もった雪を見るのは中学生のとき以来。わくわくして踊りだしたくなった。

こでまりと歩くいつもの散歩道、那珂親水公園《なかしんすいこうえん》も雪化粧して美しい。こんもりと雪が積もったベンチの前で、咲良は足を止めた。近頃痩《や》せて、すっかり軽くなってしまったこでまりを左腕だけで抱え直すと、右手でベンチの雪を払う。濡れている座面を丁寧にハンカチで拭いて腰を下ろした。小柄な咲良には少し大きな白いコートも汚さずに済んだ。近くで咲いている白梅の香りが風に乗ってやってきて、心に触れる。こでまりも鼻を動かして心地よさそうに目を細めている。良いところに座れた。

コートのポケットにハンカチをしまって、こでまりを両手でしっかりと抱きしめる。こでまりに巻きつけていたマフラーがずれてしまっていた。巻き直して、全身を優しく包み込んで尋ねる。

「暖かい？」

こでまりは喉《のど》をごろごろと鳴らして満足そうに「にゃ」と返事をした。

公園の中央にある大きな池は凍っているかもしれないと思っていたが、鴛鴦《おしどり》が悠々と泳いでいて、きれいな波紋を生み出している。氷は張らなくとも咲良とこでまりにとっては充分に寒い。その寒さは、もうすぐ訪れる季節の変わり目を知らせるもの、冬の最後の名残《なごり》だ。そう思えば懐かしい心持ちにもなった。

大人である咲良と老いたこでまりが、しみじみと寒さを堪能している傍で、子どもたちは寒さに怯むこともなく大はしゃぎで雪遊びをしている。学校では授業が始まっているような時間だからか、遊んでいるのは親に連れられた幼い子どもばかり。いつものこの時間より親子連れが多いのは、夜半《ひる》からの雪で電車が止まったために、両親が通勤できなくなったからなのかもしれない。

こでまりはマフラーの中でぬくぬくとくつろぎながら、小さな頭を動かして雪景色を楽しんでいる。その様子を見下ろして満足した咲良も雪見を楽しむ。マフラーをこでまりに貸しているため、ボブカットに揃《そろ》えたふわふわのクセ毛の襟足《えりあし》が冷える。だが、膝《ひざ》に抱いた小さなこでまりの体温が、なによりも咲良を温めてくれた。

チリンチリンと耳馴染んだベルの音が聞こえてきた。遠目に公園の入り口を見やると、自転車に引かれた小型の屋台が見えた。春夏冬屋《あきないや》という焼き芋屋台だ。春夏秋冬のうち秋がないから『あきない』と読む。昔からよく知られた言葉遊びから取った屋号だ。

秋と冬、早春の今頃は焼き芋、暖かくなった春から初秋まではわらび餅を商《あきな》っている。

この街で育った人ならば一度はこのチリンチリンという音を耳にしたことがあるはずだ。自転車のハンドルに括《くく》りつけられた大きなベルは、今日もきれいに磨かれて金色に輝いている。商店街の福引で大当たりを引くと鳴らしてくれるベルに似ているが、それとは比べものにならないほど澄んだ音をたてる。春夏冬屋は数十年の歴史を誇っているが、最近、店主が病《やまい》を得て身を退いた。それでも今日も屋台はやってくる。

チリンチリンという音に馴染んだうちの一人なのか、雪だるまを作っていた四、五歳ほどの男の子が春夏冬屋を目指して駆けだした。朝食をとってから二時間ほど経ったろうか。小腹が空《す》いたような、そうでもないような感じだが、春夏冬屋の年若い店主、祐司《ゆうじ》の顔を見るために腰を上げて、いそいそと歩きだした。

昔懐かしく優しく胸をくすぐる甘い香りが、ふうわりと漂ってくる。甘いものに目がない咲良は、それだけで心躍る。足取り軽く近付くと、祐司が先ほどの男の子と話している声が耳に届いた。

「やめた方がいいと思うよ」

背の高い祐司は、男の子と視線を合わせるためにしゃがみ込み、真剣な様子で語りかけていた。男の子も真剣だ。

「なんで？　焼き芋とニンジンは似てるのに」

「焼き芋は熱いからね」

「なんで熱いとだめなの？」

「雪が融けちゃうからだよ」

「なんで？」

男の子からの質問責めが面白かったようで、祐司の頰《ほほ》が緩んでいる。男の子はバカにされて笑われたと思ったのか、むっと眉《まゆ》を顰《ひそ》めた。祐司は気を使って空咳《からせき》をひとつこぼして笑顔を引っ込めた。それでも男の子の不機嫌は直らない。

祐司は春夏冬屋のかたわら、副業でキャリアコンサルタントの仕事もしている。いうなれば会話のプロだ。しかし、まだ二十三歳と年若い。甥姪がいるわけでもなく、子どもの扱いには慣れていない。なにか男の子の気を引けるものをと探して視線を動かして、咲良とこでまりに気付いた。満面に笑みを浮かべて手を挙げる。

「先生、おはようございます」

咲良も笑顔を見せて近寄っていく。

「おはよう、祐司くん」

男の子にも挨拶《あいさつ》をしようとしたが、それよりも早く男の子が口を開いた。

「あ、猫だ！」

目をキラキラさせて、こでまりを見つめる。こでまりが男の子を見やすいようにと、こでまりと男の子の視線が合うように、咲良は少しだけ腕を下げた。

「ちっちゃいね、かわいいね、白黒だね」

褒められたこでまりはマフラーから前足を出した。黒い体で、口元がマスクをつけたように白い。そして、靴下を履いたように少しだけ白い前足が、こでまりの最大のチャームポイントだ。こでまり自身がそのように思っていて、気に入った人物には積極的に靴下を見せにいく。

「こでまりっていう名前だよ。きみのお名前は？」

「大石由樹《おおいしよしき》です！　四歳です！　先生は、小学校の先生？」

祐司が先生と呼んだために、由樹は咲良を学校の教師と思ったようだ。

「小学校じゃないよ。家庭教師の先生だったんだ」

「うちも家庭教師の先生が来るよ。お姉ちゃんの先生、大学生だよ」

「そうなんだ」

咲良に近付こうと足を踏み出した祐司の気配を察した由樹は振り返り、顔を仰向けて祐司を眺める。

「焼き芋ください。おこづかい持ってるよ」

どうやら由樹は堂々巡りに戻ったようだ。祐司は苦笑いを浮かべる。

「由樹くん、焼き芋は雪だるまの鼻には向かないんだ」

「なんで？」

「熱い焼き芋をくっつけると、雪だるまが融けて水になっちゃうからだよ」

「なんで水になるの？」

おかしくて吹き出しそうになるのを、咲良は必死でこらえる。

咲良は祐司が高校生だった頃に、勉強を教えていた。祐司は勉強が全般的に得意で、理系も成績優秀だったが、教職は学んでいない。融解について幼い子どもにわかりやすく教えることができる気はしない。

祐司もそう思ったのだろう、苦笑を引っ込めることができないまま、咲良に意見を求めてきた。

「先生、雪だるまの鼻に焼き芋を使うことを、どう思いますか」

「かわいいかもしれないと思う」

由樹は咲良の後押しを貰って得意満面だ。祐司は最大の味方に見放されて、きれいな形の眉を落としてみせた。そんな情けない表情を作ってみせるのは、わざとだ。けれど咲良は見事に騙《だま》されてくれる。慌《あわ》てて祐司を救うべく由樹と向き合った。

「由樹くんは、雪だるまの鼻が欲しいの？」

「うん。本当の鼻はニンジンだけど、ないもんね。焼き芋でいいと思わない？」

「焼き芋は好き？」

首をかしげて少し考えてから由樹は答えた。

「あんまり好きじゃない」

祐司は、がっくりと項垂《うなだ》れた。焼き芋が好かれていないという事実にショックを受けている。屋台を引いていた祖父が脳梗塞《のうこうそく》で倒れ、家族の反対を押し切って春夏冬屋だけに人生を捧げようとまでしていた男だ。全人類に焼き芋を好きでいて欲しいというくらいの気持ちがあってもおかしくはない。深く同情しつつ咲良は由樹に質問を投げかけ続ける。

「でも、食べたことはあるんだよね」

「うん、あるよ。お姉ちゃんが八百屋さんで買ってくれた」

「焼き芋、すごく熱かったでしょう」

こくりと頷《うなず》いた由樹は不思議そうに咲良を見上げる。

「なんで熱かったって知ってるの？」

「家庭教師の先生になるために、たくさん勉強したからだよ。いろいろ知ってるの」

「すごーい」

どうやら由樹の関心は完全に焼き芋から離れて、祐司のことを忘れたようだ。くるりと咲良に向き直る。

「ねえ、なんで猫なのにマフラーを巻いてるの？」

次の興味は、こでまりに向いた。こでまりを見てくれて覚えてもらえるのは、とても嬉しい。咲良はしゃがんで由樹にこでまりを見せてやった。

「こでまりは二十二歳でね、もうおばあさんなの。だから寒がりなんだ。それに、病気なんだよ。だから、暖かくしてるんだよ」

「病気なんだ……」

今までの元気が急にしぼんでしまった。由樹はしゅんとして、こでまりを見つめる。

「僕のお母さんも病気なの」

「そうなんだ。心配だね」

「うん」

病気の母を思って沈み込んだ由樹の表情は、大人びているように見える。子どもでも大切な人を思うとき、その瞳は深く遠くを見るようになるのだろう。その視線と同じものを咲良は自分の中にも見たようで、苦い思いで口を閉じた。由樹が自分一人で深いところから戻ってくるのを、じっと待つ。

「こでまり、触ってもいい？」

そう言って顔を上げた由樹は、元の通り、子どもらしい笑みを浮かべていた。

「どうする？　こでまり」

尋ねると、こでまりは首を伸ばして、由樹を見つめて「にゃ」と言った。咲良は由樹に微笑《ほほえ》みかける。

「触っていいよって言ってる」

咲良がこでまりの言葉を伝えると、由樹は目を丸くした。

「猫の言葉がわかるの⁉」

「私がわかるのは、こでまりの言葉だけ。こでまりは人間の言葉がわかるんだ。それで、私にだけ聞こえるように話してくれるんだよ」

「すごい」

よほど感激したのか、由樹の澄んだ目が輝いた。こでまりを見つめて、そっと手を伸ばす。こでまりが由樹の指のにおいを嗅《か》いだ。

「ひげがくすぐったい」

くすくす笑いだした由樹の指を、こでまりが前足でつつく。ちょんちょんと触られるのもくすぐったいようで、由樹は笑いながら手を引っ込めた。

「由樹！」

突然の大声に驚いて見ると、スーツ姿の男性が公園に駆け込んできたところだった。

「お父さん！」

由樹が大喜びで駆け寄っていく。

「だめじゃないか、一人で遠くに行ったら」

由樹の父親は、しゃがみ込んで由樹の両肩を摑《つか》んだ。どれだけ慌てて探していたのだろう、この寒さの中、汗だくになっている。走ってきたからか、長めの髪もスーツも、かなり乱れていた。そんな父親の心配をよそに、由樹は眉を顰めて反論する。

「だって。お母さんが、あっちに行ってなさいって言ったから」

「そうだからって、一人で出かけたらだめなんだ」

「なんで？」

「なんでもだ」

「なんでもって、なに？」

「なんでもは、なんでもだ」

「なんで？」

父親が心配するのは当然だし、深刻な事態だとは思う。それでも先ほどからの続きのように、由樹の「なんで？」が始まったのがおかしくて、咲良はつい笑ってしまった。

「先生、笑ったら悪いですよ」

そう言う祐司も半笑いだ。父親が咲良と祐司に視線を移して頭を下げた。

「すみません。由樹がご迷惑をかけたんじゃないでしょうか」

質問する前に謝ってしまっているのは、普段から由樹のために謝ることが多いせいなのかもしれないと思えた。一人で家を抜け出したり初めて会った人を「なんで？」責めにしたりということが日常茶飯事なのかもしれない。咲良はそれもおかしくて、笑顔を隠せない。その笑みが自信に繋《つな》がったようで由樹が自慢する。

「迷惑なんてかけてないよ。ちゃんと一人で遊んでたんだから」

『ちゃんと一人で』ではなかった、さんざん話しかけられたと口を挟むことはしないが、祐司は曖昧《あいまい》な笑みを浮かべた。それで父親はすべてを察して、また頭を下げる。

「すみません。すぐに連れて帰りますので」

「えー！　いやだよ、帰らない。雪だるま作ってるんだから」

由樹は父親の手を取って、ぐいぐい引っ張る。自分で作った雪だるまの方を指さしてみせているけれど、父親はそちらを見向きもしない。

「遊ぶのはもう終わり。帰らないと、お母さんが心配してるんだから」

とたんに由樹の顔から感情がなくなった。まるでマネキン人形になってしまったかのように動かない。父親は気にしていないのか、話し続けた。

「お母さんに心配をかけたらダメだ。病気が悪くなっちゃうからね」

「でも……」

俯《うつむ》いた由樹は小声でぼそりと言う。

「お母さんは僕のことが嫌いだから」

「なにを言ってるんだ」

父親はちらりと咲良たちの方へ視線を向けた。人前では話しにくいことなのかもしれない。できたら立ち退いてやりたいという気持ちが祐司にもなくはない。だが、祐司の屋台が販売許可を得ている定位置は公園ではここだけだ。ほかへ行ってやることはできない。

咲良ならば、この場を離れることはできる。咲良自身も父子の話し合いの傍では、居心地はよくない。けれど、こでまりが興味津々で由樹から目を離さないのだ。こでまりには多くのものを見せてやりたい。この世界中のなにもかも、こでまりが見たいものは全て。

咲良はそっぽを向いて聞いていないふりをしながら、その場に立ち続けた。

「お母さんが由樹を嫌いだなんて、あるわけないだろう」

父親は由樹と目を合わせようとしているが、由樹は下を向いて、積もった雪に視線を落としてしまった。

「じゃあ、なんでお母さんは『あっちに行きなさい』って言うの？」

「それは……」

父親はまた、ちらりと視線を投げた。祐司は必要もないのに焼き芋の様子を見るために焼き窯《がま》の蓋《ふた》を開け、咲良は祐司の仕事を熱心に見つめているふりをした。

「お母さんの病気は人にうつるんだ。由樹が病気になったらいけないから、傍に寄ったらいけないんだよ」

「お姉ちゃんは？」

由樹は上目遣いで父親を睨《にら》む。

「なんで、お姉ちゃんはお母さんの部屋に入っていいのに、僕はダメなの？」

「お姉ちゃんは、十七歳だろう、もう大人だ。お母さんの看病をしてくれてるから……」

「僕も看病する」

四歳の子どものものとは思えない強い視線を叩《たた》きつけられて、父親は言葉に詰まってしまった。由樹は父親を睨み続けて、父親の表情は曇る。由樹を母親から遠ざけていることを心苦しく思っているようだ。

「由樹は病気の人に近付けないいんだよ」

「なんで？」

「病気がうつっちゃうからだよ」

「なんで？　お姉ちゃんはうつらないの？」

「難しい話なんだ。由樹にはまだわからないよ」

「なんでわからないの？」

『なんで』責めにあっている父親は疲れ果てたという感じで肩を落とした。

「僕だってわかるよ。なんで教えてくれないの？」

父親は由樹から顔をそらして空を仰ぐ。まるで嫌なものを睨んでいるかのようだ。

「にゃあん」

そんな顔をすれば由樹を拒絶しているように見えると、こでまりが言った。由樹に気付かせたらいけないと。咲良はわざと大きめの声を出す。

「祐司くん、今日のお芋の種類はなに？」

由樹の視線が父親からそれた。祐司が横目でうかがい見ると父親はほっとしていた。

「なんだと思いますか？」

窯の蓋を開けて、両手でパタパタとにおいを送る祐司を見て、咲良はくすくす笑う。

「においだけじゃ、わからないよ」

「じゃあ、ヒントに味見をあげます。由樹くんも、食べる？」

「食べる！」

あんまり好きじゃないと言った由樹は現金なもので、大喜びで屋台に飛びつく。祐司が小さめの焼き芋を選んで咲良と由樹に渡すと、由樹は勢いよくかぶりつく。

「あちっ」

すぐに芋から口を離して舌を出した。祐司が今さらだが「熱いから気をつけてね」と忠告する。父親も屋台に近付いてきた。懐から財布を取り出して、また頭を下げる。

「すみません。息子が本当にご迷惑ばかりかけて。おいくらですか？」

「この焼き芋なら味見用ですから、代金はいいですよ」

軽い口調で祐司が言っても、父親は財布をかまえ続けている。

「そうはいきませんので。払います」

口調はキリッとしているのだが、父親の表情はくたびれていた。慌てて仕事を抜け出してきたのだろう。スーツの上にコートも着ていない。

心配して息子を捜して走り回って、心配といえば妻の病気もそうで、看病を任せている娘の心労にも気を使って疲弊《ひへい》している。そんなところだろうか。父親の様子からそう推測したが、祐司は同情を顔に出さないように気を付けた。

こでまりが前足をマフラーから突き出して、咲良の腕をパシパシと叩いた。

「なに、こでまり。お芋はあげられないよ」

あげられないと言いつつ、焼き芋をこでまりの鼻先に近付ける。こでまりは迷惑そうに顔を背けながら、「にゃあ」と言った。咲良はこでまりにだけわかるように、小さく頷く。

「由樹くんのお父さん。お芋の名前を当てるクイズ、お父さんも参加しませんか」

咲良が尋ねると、父親は少し考えてから「じゃあ、せっかくだから」と頷いた。祐司は、やはり小さめの芋を選んで父親に渡す。父親は恐縮した様子で首を竦《すく》めるような会釈《えしゃく》をして受け取った。

祐司が笑顔で見守るなか、三人はもくもくと焼き芋を食べる。皮には少し焦《こ》げた部分があるが、そのおかげでパリパリしていて皮ごと齧《かじ》ることができた。水分が少なめのほくほくした食感で、噛んでいると次第にもっちりしてくる。甘さはうっすら控えめだけれど、清楚《せいそ》な花のように香り高い。

咲良はもう一度、こでまりの鼻先に焼き芋を近付けた。こでまりは迷惑そうにしながらも芋の香りを嗅ぐ。子猫の頃から嗅ぎ慣れたものだ。芋が好きなわけではないから多少の迷惑を感じているが、こでまりにとっても身近な香りだ。今度は顔を背けることはしない。よく知っている香りを懐かしくいつまでも覚えていたいのだ。

「にゃあ」

一番に解答したこでまりの声を聞いた咲良が口を開く。

「こでまりが、答えたよ。このお芋は……」

「僕もわかったよ！」

咲良の答えを遮《さえぎ》って由樹が手を挙げて答える。

「さつまいも！」

元気な答えを聞いて、由樹の父親は激しく咽《む》せた。

芋を喉に詰まらせそうになった父親が飲み物を買いに行っている間、咲良が由樹を預かることにした。預かると言っても、とくに面倒を見る必要はなかった。由樹は一人で雪だるまを完成させるべく奮闘していて、どこかへ行ってしまうような素振りもない。

「ほら、やっぱり。ぴったりだよ」

由樹が作りあげた雪だるまは、身長が一メートルほどもある。ただ、由樹の力では大きな雪玉を高くまで持ち上げることが難しかったからだろう。頭がとても小さい。

その小さな頭に、由樹が食べ残した焼き芋のしっぽが刺さっている。もう冷めていて雪を融かすこともない。小さな芋のしっぽは小さな頭にジャストサイズだ。ニンジンだったら、その重さで頭がもげていたかもしれない。

「かっこよく作れたね」

褒めてやると、由樹は満面の笑みを浮かべた。子どもとは、こんなに幸せそうな笑顔を浮かべるものだったのか。そんなことも、咲良は忘れていたような気がした。大学生時代は家庭教師として何人かの子どもと関わっていたものだったが。

咲良は高校生だった祐司が大学生になったのと同じ春に就職したため、家庭教師のバイトは辞めた。その職場も今は辞めて、こでまりと一緒に散歩して回る日々だ。

散歩生活を送っていると、昔のことをよく思い出す。幼かったこでまりと転げ回って遊んだこと。咲良を小学校に行かせまいと、こでまりがランドセルにしがみついたこと。大人になったこでまりは咲良が誘ってもなかなか遊んでくれなくなったこと。

そして今、年老いて痩せて小さくなったこでまりの軽さが愛おしくて愛おしくてたまらないことも咲良はいつか思い出すのだろう。一人きりの部屋にぽつりと座って。

そのとき泣いているのか、なにも感じなくなっているのか、どうやって暮らしていけるというのか。咲良にはなにもわからない。

けれど、見るもの、出会う人、うつろう季節。こでまりが感じるものを咲良も感じて、思い出をまた積み上げている。由樹が作りあげた不格好な雪だるまも、こでまりはじっと見つめて覚えておこうとしている。咲良はこでまりが思う存分見つめていられるようにと静かにその場に立ち通した。

　由樹はまた新しい雪玉を作り始めた。今度の雪玉はとても大きい。ひとつ目の雪だるまの胴体より、ずっときれいな球形にできあがっていく。少しの間にめきめきと腕を上げている。その雪玉を見つめて、こでまりが言う。

「んー」

「本当だね。子どもはすぐに成長して、すごいね」

　由樹は真剣な目で雪玉を作り続ける。由樹の努力の跡が地面を露出させた。雪玉が雪を吸い寄せるように巻き込んで地面が見えるようになっていく。そのぬかるんだ地面の広さのぶん、由樹は成長しているのだ。

　しばらくすると父親が足早に戻ってきて、頭を下げた。

「すみません、すっかり息子を預かってもらっちゃって」

　この人はずっと頭を下げているなと咲良は内心おかしく思い、こでまりの喉を掻《か》いて同意を求めた。こでまりからは、とくに返事は得られなかったけれど、由樹の父親からは缶コーヒーを貰えた。あつあつの缶をマフラーに忍ばせる。こでまりは病身のせいで体温が上がりきっていない。冷えてきたマフラーの中、広がっていく暖かさに満足そうに目をつぶった。

「由樹、そろそろ帰ろう」

「いやだ」

父親に呼びかけられても、由樹は振り返らず、雪玉を転がして成長させ続ける。

「わがまま言わないで帰ろう。お母さんに心配をかけてるんだから」

「お母さんも公園に来たらいいよ。お母さんもきっと雪だるま作りたいよ」

黙々と体を動かし続ける由樹を説得しかねて、父親はため息をついた。ポケットからスマートフォンを取り出して操作する。

「もしもし、早苗《さなえ》。うん、まだ公園にいる。ちょっと由樹と電話代わるから。うん」

由樹がパッと笑顔になった。父親のスマートフォンを奪うような勢いで受け取って、顔に近付ける。

「お母さん！　僕ね、雪だるま作ったんだ。お母さんも見に来て……、え？」

受話音量が大きい。耳が良いこでまりだけではなく咲良にも母親の言葉が、すべて聞こえてしまっている。

「やだよ、お母さんも一緒に遊ぼうよ。お父さんはいつも一緒だもん。お母さんと一緒がいいよ」

両手でスマートフォンを握り締めて祈るように言葉を紡ぐ。

「ねえ、お願い。ちょっとだけでいいから、一緒に遊ぼう」

切実な声に身を切られるような辛さが滲《にじ》んでいる。なんとか慰めてやれないかと咲良がやきもきしていると、こでまりが「にゃん」と小さく言って、咲良の腕の中で伸びをした。

「手助けの必要はない？　なんで？」

咲良はほかの誰にも聞こえないように、小声でこでまりに質問した。こでまりは返事をすることなく、マフラーにうずもれて丸くなり、目をつぶる。

「お母さんなんて大嫌い！」

由樹は叫んでスマートフォンを父親の腹に押し付けると駆けだした。雪だるまに体当たりして壊し、大きな雪玉に突っ込んでいって勢い余ってひっくり返る。焼き芋の鼻も飛んでいき、せっかく作った雪だるまは、ボロボロに崩れてしまった。

「由樹、大丈夫か！」

父親が駆け寄る。由樹はぎゅっと唇《くちびる》を引き結んで真っ赤な顔をして立ち上がった。父親はほっと息を吐いて、由樹の服をはたいて雪を落とす。

「雪だるまが壊れちゃったな」

泣いてしまうのではないかと思って見ていたが、由樹は怒りに震えていた。

「お父さんと一緒に、もう一度、雪だるまを作ろうか」

父親は赤ん坊をあやすような優しい口調だ。

「そんなの、いらない」

由樹の声が異様に低い。いったいなにに腹をたてているのか。母にではない、父にでもない、姉にでもない。それだけは咲良にも肌で感じられる。

「にゃ」

こでまりが独り言のように小さく呟《つぶや》いた。その声は咲良には充分に届く。

「自分に腹をたててるの？」

じっと由樹を見つめるこでまりの表情を見たことがあると、咲良は思い出した。幼いころ咲良がわがままを言って泣いていたときだ。咲良の両親は子どものわがままを容認はしない主義だった。かといって、叱《しか》ったり、なだめすかしたりもしない。咲良は放っておかれ、一人で悲しみと怒りを溜め込んだ。そんなとき、こでまりはいつまでも咲良を見つめてくれた。あなたは一人きりではないと伝えてくれた。子どもとしては早い時期に自分一人でネガティブな感情を鎮《しず》められるようになったのも、こでまりがついていてくれたおかげだと咲良は思っている。

由樹の父親はなだめすかすタイプのようだ。由樹の頭を撫《な》でたり、お菓子を買おうと提案したりする。けれど由樹は唇を噛んで、涙をこらえているのか怒鳴りたいのを我慢しているのか、どちらとも取れる表情で足元を見下ろす。由樹が見ているのは雪玉を転がしたあとの茶色の地面だ。子どもならば見慣れた地面より、珍しい真っ白な雪を見ていたいと思うものではないだろうか。咲良には由樹がなにを思い、ぬかるんだ地面を見つめているのかわからなかったが、雪の白さとは真逆の感情を持っているようだ。そのせいだろう、ぬかるみにくっきりと刻まれた自分の成長や努力の跡に気付いていないのだ。

「んにゃん」

こでまりの声に由樹が顔を上げた。咲良が由樹にこでまりの言葉を伝える。

「雪だるま、もう一回作ろうか」

「いやだ」

「なんで?」

「お母さんが見てくれないから」

「なんでかな?」

「お母さんは僕が嫌いだから」

「なんで由樹くんは、お母さんが由樹くんのことを嫌いだと思ったの?」

由樹は顔をそらした。むっと膨《ふく》れっ面になって黙っているのは、本当は知っているからだ。母親に愛されていることを。

こでまりが、やれやれと言いたげに、ため息をつく。咲良はそのため息を晴らそうと、そっぽを向く由樹に微笑みかけた。

「今度作るのは、さっきの雪だるまより、ずっと大きな雪だるまだよ。また、焼き芋の鼻も付けようよ」

由樹はちらりと咲良を見上げ、焼き芋屋台で客の相手をしている祐司に視線を投げる。

「焼き芋はだめなんでしょ。雪が融けちゃうから」

そう言ってサッと身を翻《ひるがえ》し、崩れた雪だるまのもとへ駆けていき、しゃがみ込む。

「由樹、手が冷たいだろ。なあ、雪だるまは諦《あきら》めてやっぱりもう帰ろう」

父親が傍に寄っていったことにも、話しかけられたことにも気付かないふりをして、由樹が大声で言う。

「そうだ、大きい雪玉を作って、うちまで転がして行こうっと。それで、お母さんに見せようっと」

両手で雪玉を作って転がそうとしたが、あたりの雪はすべて雪だるまに巻き込んで、ぬかるんだ地面だけが見えている。由樹は崩れた雪だるまの残りの雪塊を両手で掬《すく》っては小さな雪玉に擦《こす》りつけていく。

顔が真っ赤になるほど懸命に雪を掻き集めているが、崩れた雪だるまはなかなか蘇《よみがえ》ってはくれなかった。空は晴れて日差しが降り注ぎ、気温はぐんぐん上がっていた。それでも由樹は諦めない。

「大きく大きく大きくなーれ」

そう歌う由樹を父親は怒っているような、それでいて悲しそうな顔をして見下ろす。父親の影が由樹と雪玉を太陽からかばうかのように地面に落ちる。それでも明るい太陽は容赦なく雪を融かしていく。由樹の顔は歪《ゆが》んで、今にも泣きだしそうだ。

「ねえ、由樹くん。なぞなぞを出そうか」

由樹は眉を顰めた。表情を見ただけでは、なぞなぞが嫌いかどうかの判断はつかない。だが、今はなぞなぞ気分でないことは一目でわかる。けれど咲良はおかまいなしで、それはそれは楽しそうに出題する。

「雪が融けたら、なんになるでしょう」

由樹の眉間《みけん》に深いしわが寄った。まるで大人のような苦い表情だ。

「水になるんでしょ。焼き芋屋さんが言ってたよ」

「ん」

こでまりが楽しそうに言う。咲良はこでまりがねだった通り、しゃがんで由樹の顔を覗《のぞ》き込めるようにしてやった。こでまりは靴下の前足を見せてやる。こでまりに見つめられて、由樹は眉を開いた。こでまりと見つめ合って、少しだが笑みを浮かべた。

「雪が融けたら水になるのも本当だよ。でも、もうひとつ答えがあるんだよ」

咲良が言うと、今度は由樹は素直に続く言葉を待った。だが咲良は視線を移す。

「由樹くんのお父さん」

父親は、気もそぞろだったようでかなり驚き、慌てて咲良の方に顔を向けた。

「なんでしょうか」

「雪が融けたらなんになるでしょうか」

同じ質問を繰り返しただけなのだが、父親は初めて聞いたというような表情で首をかしげる。咲良と由樹のやりとりを、まったく聞いていなかったのだろう。由樹をどうやって連れて帰るかということだけに心を砕いていたのだろう。

「水になるのでは？」

やはり聞いていなかったと、こでまりは軽いため息をつく。由樹は父親が視界に入らない方向に向き直って、もとは雪だった小さな水溜りを蹴立てる。

「それはさっき由樹くんが答えましたけど、ハズレです。お父さん、チャンスはもう一回ですよ」

「そう言われても……。私は科学とか自然現象には疎くて」

最初からずっと聞いていなかったのねと、こでまりが二度目のため息をつく。

「自然現象の話じゃないんです。なぞなぞです」

「いやそれじゃ、ますます無理です。なぞなぞは苦手で」

「なんで？」

咲良はわざと、にこやかに尋ねる。

「頭が固いんでしょう、きっと」

「なんで?」

父親は丁寧な態度を崩さなかったが、咲良の『なんで』責めに内心イラついていることを、ここでまりは嗅ぎ取った。

「ん」

そう言って咲良の腕をぱしぱしと叩く。由樹の目に父親の不機嫌を映させないで。咲良は小さく頷いた。

「正解の発表です」

ちらりと由樹が視線を向けた。咲良は飛びきりの笑顔を由樹に向ける。

「正解は『春になる』でした!」

嬉しそうに、一人でにこにこ顔の咲良を、父親はぽかんと見つめる。

「え、どういうことですか?」

「雪が融けたら、春になるんですよ」

父親はどうにも腑《ふ》に落ちないという表情だったが、由樹は思うところがあったようで、キリっと表情を引き締めて咲良の傍にやってきた。

「雪が融けたら春になるの? 本当に?」

「そうだよ。雪が融けたら、冬は終わりなの。春がくるよ」

「雪だるま、もう融けてるよ」

「そうだね」

融けかけている雪の山を見て、はじけるような笑顔で由樹は飛び跳ねた。

「やったあ！」

ぴょんぴょん跳ねながら咲良に言う。

「お母さんの病気はね、春になったら治るんだよ」

息子の言葉を聞いて父親が慌てて問いただす。

「そんなこと、誰に聞いたんだ？」

「先生」

「先生って……。お姉ちゃんの家庭教師の？」

「そう」

父親は顔を顰《しか》めた。その表情は由樹が思わず後退《あとずさ》るほどの迫力をはらんでいた。由樹は父親の手が届かない場所へと逃げて咲良の陰に隠れてしまう。父親は怖い顔を由樹に見せてしまったことに気付いて、慌てて謝った。

「ごめん、由樹。お父さんは怒ってないから。なんでもないから」

そう言われても由樹は出てこない。

「お父さんは春がきたら嫌なの？」

「え？」

「先生は、もうすぐ春がくるよって言ったのに」

暗い声で紡ぎ出された由樹の言葉を聞いても、どうやら娘の家庭教師に思うところがあるらしい父親は、素直に家庭教師の言うことを受け入れがたいようだ。口を引き結んでしまってなにも答えない。視線をそらした父親を、由樹はさらに問い詰める。

「お母さんの病気が治るのが嫌なの？」

「そんなわけないじゃないか」

瞬時に口を突いて出た言葉が本心だということは、子どもにだってわかるだろう。けれど由樹は疑わしげな表情を緩めない。

「お父さんは、なにか隠してる」

父親はぎくりと小さく震えて動きを止めた。

「なんで僕には秘密なの？　お姉ちゃんは知ってるんでしょ」

「なんのことだ？」

聞き返した父親の顔は引きつっていた。いくらなんでも嘘《うそ》が下手くそすぎる。由樹は恐ろしいほどの迫力で父親を睨みつけている。

「秘密なんて、なにもないよ」

父親は重ねて言ったが、由樹は睨むのをやめない。次第に目が赤くなってきて、涙を浮かべた。

「僕が悪いんでしょ」

ぽつりとこぼした声は子どものものとは思えない。苦い人生を受け入れ続けた老人の悔やみの言葉のようだ。

「僕のせいで、お母さんが病気になったんでしょ」

父親はぽかんと口を開けた。由樹はそんな父親を睨み続ける。

「そうなんでしょ」

「由樹、そんなふうに思ってたのか」

低い声で詰問する由樹に、父親は慌てて弁解し始めた。

「違うよ、由樹。由樹の病気は人にうつったりするものじゃないよ」

由樹の顔から険しさが消えていき、少しずつ脅《おび》えに変わる。

「やっぱり、僕、病気なの？」

父親は、はっとして口を閉じた。どうやら隠しているのは由樹の病気のことで間違いなかったようだ。咲良はぎゅっと唇を嚙む。隠されていた事実を知らされても、なにもできないと思い知ったときの恐怖と後悔が蘇ったのだ。

「いや違うんだ、由樹。病気というか、とにかく違うから」

「お父さんは嘘ばっかり！」

由樹はじりじりと後退っていく。父親と距離を置こうとしている。その距離のぶんだけ心が離れていこうとしている。

「由樹、聞いてくれ」

「にゃあ」

かなり大きな声が響いた。こでまりが父親を見つめている。

「嘘をついて隠しても、ためにはならないのよ」

咲良はこでまりの言葉を、そのまま父親に伝える。

「んにゃ」

「隠してしまいたいのは、由樹くんのためじゃない。あなたが胸の中に隠している悲しみを見たくないからでしょ」

今まさに悲しんでいるのは咲良だ。病について知らされていなかった由樹のことも、そのことを話せないと悩んでいた父親のことも、誰のことを思っても苦しいのだ。

「悲しみなんて、私はそんな。本当になにもないんですから」

なにもないと言う父親は、自分が視線を泳がせていることに気付いていないようだ。父親が隠し事をしていたせいで由樹がどれだけの恐怖と疑念と自責を抱えていたかなんて、気付いてもいないのだ。咲良の悲しみが、いよいよ増していく。どうして気持ちは伝わらないのだろう。どうして言葉にできないのだろう。なぜ伝えようとしないのだろう。そう思うと、もう誰のことも見る勇気がなくなって、咲良の視線はぬかるんだ地面に落ちた。

力なく落とした視線の隅で、こでまりが背伸びしたのが見えた。咲良の顎《あご》に額《ひたい》を擦りつけて、ごろごろと喉を鳴らす。

「こでまり、どうしたの」

ごろごろと喉を鳴らし続けるだけで、こでまりはなにも話さない。

「こでまり？」

咲良が尋ねていることには、もちろん気付いている。言葉はなくとも、顔を上げて咲良を見つめているのだから。それなのに返事をしてくれない。ただ黙って見つめるだけだ。話してくれなくてはわからない、咲良は超能力など持ち合わせていないのだから。

心の中でそう思ってみる。けれど本当はわかっていた。目を見合わせれば通じるものがある。大好きなこでまりの言葉を、咲良は幼いころから何度だって、覚えてしまうくらい熱心に聞き続けてきたのだ。だからこそ、言うべきことはすぐに思い浮かぶ。

「由樹くん、知りたいよね」

咲良が話しかけると由樹は泣きそうな顔を咲良に向けた。父親をちらりと見たが、咲良の傍にやってきた。白いコートの裾《すそ》をぎゅっと握って、咲良の背中に隠れてしまう。

「なんの病気か、知りたいよね」

「うん」

とても小さな声で答えたけれど、その声は充分に父親にも聞こえた。父親は繰り返す。

「なにも知る必要なんてないんだ。なんでもないんだよ」

「お父さんは嘘ばっかりだ」

「本当なんだ。なんでもないんだ」

父親は必死になって由樹をなだめようとするばかりだ。どうしてわからないんだろう、由樹の気持ちが。どうしたらわかってくれるんだろう、伝えることの大切さを。

「にゃん」

どうしても話したくないのは、話しても通じないと決めつけているから。

「んなあ」

本当に知りたくないのは、話すことで生まれる由樹の悲しみなのよ。こでまりが教えてくれる。咲良の思いが言葉にならないときには、こでまりは必ず助けてくれる。

「由樹くんはわかってます。自分がなにか大切なことを知らされていないんだって」

父親は困ったような顔で咲良を見やる。咲良はコートの陰に隠れている由樹と目を合わせようと、少ししゃがんだ。

「ね?」

由樹は咲良に頷いてから、キッと視線を尖らせて、また父親を睨む。

「僕だけ、仲間外れ」

強い視線が揺れた。

「僕が病気だから、みんなと違うから、仲間外れ」

「違うよ、由樹。由樹に伝えるにはまだ早いって思って」

「早くない！　だって僕は病気なんでしょ。今……」

抑えていた感情が決壊した。怒りは消え去り、由樹の手が小刻みに震えだす。

「怖いよ、いやだよ。僕、死んじゃうの？」

父親は真っ青になった由樹を見つめて、驚きすぎて動けなくなっている。口を半開きにして声も出せない。

「注射をしても治らないの？　お母さんに、もう会えないの？」

あっという間もない。父親は由樹の手を引き、抱きしめた。

「ごめん！　由樹、ごめん！　怖がらなくていいんだ。由樹は死んだりなんかしない。お母さんだって元気になる」

突然抱きしめられた由樹は驚いて目を見開いていた。だがすぐに両手を伸ばして父親に抱きついた。しばらく父子は黙ってじっと固まっていた。言葉もなく動きもなく、けれどとても大切なことを両腕の温かさで伝え合っていた。

「由樹。由樹はね、すごく病気にかかりやすいんだ。だから幼稚園でインフルエンザが流行《はや》ってるときも、お休みしただろ」

こくりと頷いた由樹の頭を、父親が優しく撫でる。

「怖い病気がうつらないように気を付けていたら大丈夫。由樹は心配しなくてもいいんだよ、お父さんが由樹を守るから」

黙って頭を撫でられるままでいるが、由樹は物問いたげに父親を見上げた。

「どうした?」

優しい微笑を浮かべた父親は、今までとはまったく違う。急に頼りになる強いお父さんになった。由樹のためなら、どれだけでも変身できるのだろう。由樹はじっと父親を見つめ続け、ヒーローのような父親の胸に顔を埋めた。

由樹と父親をそっとしておこうと、咲良は抜き足差し足、移動した。公園の池を囲む遊歩道の雪は完全に融けている。そこまで行けば歩きやすいだろう。

「ん」

「そうだね、そうしようか」

咲良はこでまりを近くのベンチに座らせると、元雪だるまだった雪の山から、一握りの雪を削りとった。ぎゅうぎゅうっと楕円形にまとめていると、由樹が駆け寄ってきた。

「なにしてるの?」

作業の手を止めて咲良は由樹に雪玉を見せてやる。

「お土産を作ってるの。祐司くん……、焼き芋屋さんに見せてあげようと思って」

「雪だるま作るの？」

「ううん、雪うさぎを作るんだよ」

「僕も作る」

しゃがみ込んで雪山に両手を突っ込んだ由樹は、やっと明るい笑みを浮かべた。

「冷たいね！」

にっこりと頷いてやると、由樹の緊張はほぐれたようで、小さくほうっと息を吐いた。

雪山から手を引き抜いて咲良に尋ねる。

「雪うさぎってなに？　どうやって作るの？」

「見ててね」

融けないうちにと急いで雪玉を握って、手のひら大のアーモンドを半分に割ったような形を作る。あたりにきょろきょろ視線を動かしたが、咲良が求めるものは見つからない。

「なにを探してるの？」

「うさぎの目と耳がないかなって思ったんだけど。南天《なんてん》の木はないね」

由樹も見回しているけれど、まねしているだけで、とくになにかを求めているわけではなさそうだ。

「南天の木か。うちにならあるんだけど」

傍にやってきていた由樹の父親は作りかけの雪うさぎを見て呟いた。

「お父さん、南天の木ってなに？」

父親の手を握って揺らしながら由樹が楽しそうに尋ねる。

「ほら、赤い実がなってる木が庭にあるだろう」

「小さい赤いやつ？」

「そうそう」

由樹は目を輝かせて咲良の方に向き直る。

「南天の木があったら、雪うさぎが作れるんだね」

「そうだよ。赤い実をうさぎの目にして、南天の葉っぱを耳にするの。かわいくなるし、厄除《やくよ》けにもなるよ」

「厄除けってなに？」

「悪いことを追い払うっていうことかな」

「悪いこと……」

なぜか由樹は、ベンチにいるこでまりに視線をやった。こでまりはしっぽを振って挨拶してやる。

「病気も悪いこと？」

こでまりに聞こえないくらい小さな声で由樹が尋ねると、しょんぼりと肩を落として咲良は答えた。

「そうだね。できたら南天の木の下に逃げ込みたいな。病気なんか見たくないよ」

その言葉を聞き終える前に、由樹はしゃがみ込んで両手いっぱいに雪を掬った。ぎゅうぎゅうと、おにぎりを作るように力強く握っていく。

「うちに持って帰って南天で目をつけるんだ！」

重要なミッションを懸命にこなそうとしている由樹に、父親は難関の存在を知らせる。

「うちまで持って行ってたら、途中で雪が融けちゃうよ。残念だけど、あきらめよう」

「いやだ！」

毅然《きぜん》とした由樹の態度は、先ほどまでのわがままとは違うように思える。

「お母さんに見せるんだから！　そうしたら病気が治るよ」

「そんなに早くは無理かもしれない」

父親は由樹のことを止めようとしてばかりだと咲良はぼんやり考える。あれもだめ、これもだめ。一見しただけだと、わからずやの父親なのかと思ってしまった。けれど父親が胸の底に隠していたものは由樹を思う気持ちだった。心配、申し訳なさ、愛おしさ、苛立ち、驚き、言葉にできないもっと色々なもの。その色々が多すぎて、父親の心には目隠しがかかってしまっている。由樹が一人で作った大きな雪だるまを、その雪玉が作り出した成長の轍《わだち》も見逃してしまっていたのだ。

「無理でもいいもん。雪だるまも雪うさぎも、ちゃんと一人で作れるんだってお母さんに見せるんだ。そしたら、僕が元気だってわかるでしょ」

病気を祓《はら》い笑みを浮かべるのだ。そうして、息子に病気をうつすかもしれないと脅える母親を慰めるのだ。父親は声も出せずに、もう一度、由樹を抱きしめた。

「お父さん？」

「持って帰ろう、雪うさぎ。走っていったら融ける前に帰り着けるかもしれない」

急に賛成してくれた父親の顔を、由樹はまじまじと見つめた。

「お父さん、走れるの？　運動会のとき、こけてたよ」

「あれから鍛えてるんだ。大丈夫」

自慢げに言って、父親はしゃがみ込み雪を掻き集め始めた。

「たくさん持っていけば、少しは残るだろう。由樹もどんどん集めて」

「うん！」

父子は力を合わせて大きな雪玉を作りだす。残り少ない雪を大切に丸めていく。ぬかるんだ地面が顔を出した。二人の努力が雪解けを進める。雪が融けたら、春がくるんだよ。

心の中で繰り返しながら、咲良はそっとこでまりの傍へ移動した。

「由樹くんのお母さん、きっと喜ぶだろうね」

「ん」

「え？　祐司くんのところに行くの？　なにをしに？」

説明しないまま、こでまりは立ち上がって咲良の腕に前足をかけた。よくわからないまま、咲良はこでまりを抱き上げて歩きだす。

人影がない遊歩道の傍で、祐司はぼんやりと人待ち顔をしていた。すぐに咲良とこでまりに気付いて大きく手を振る。咲良の代わりに、こでまりが長いしっぽを振った。

「んな」

「雪うさぎを冷やしたいの」

すぐ近くまでやってきたと思ったら、説明もないままのこでまりからのお願いだ。そんな突然の申し入れにもかかわらず、祐司は余裕の笑みで「わかりました」と答える。

「お持ち帰りですか？」

まるで焼き芋を買った客に対しているような質問をされて、咲良は首をかしげた。こでまりは当然だと言わんばかりに、しっぽを振る。

「ん」

「雪うさぎを、由樹くんがお土産用に作ってるんですか」

祐司はてきぱきと手を動かす。焼き芋の保温用に使う新聞紙や包装紙を何枚も持つ。

「なんでわかったの？」

「お母さんに見せたいと言っていたようでしたから。大きな雪だるまは難しいけど、雪うさぎなら持っていけるでしょう。近所ならば、ですが」

こでまりの思いをすぐにわかってくれた祐司は咲良の背中を優しく押して歩きだした。

父子はかなり頑張ったようで、父親の両手に余るほど大きな雪の塊を作りあげていた。あたりの雪はすっかり姿を消し、濡れた地面が太陽に照らされて光っている。

「にゃ」

こでまりが声をかけると、由樹が嬉しそうに顔を向けた。

「僕、帰るね。走って帰らないと雪が融けちゃうから」

「にーゃお」

こでまりがなんと言ったのかわからない由樹は咲良を見上げた。

「雪は祐司くんが包んでくれるから、少し待って。だって」

「包むって?」

二人の視線に気付かずに祐司は由樹の父親に蠟引《ろうび》き紙《し》でできた袋を差し出している。

「どうぞ、この袋に入れてください。少しですが防水効果があります。袋で包んで新聞紙で何重か巻けば、保冷になると思います」

手が冷えきっていた父親は恐縮しながらも、祐司が抱えている袋に雪玉を詰め込んだ。

「なんだか、ご迷惑ばかりおかけして、すみません」

やっぱり頭を下げるんだなと咲良は面白くなって、こっそり含み笑いをする。こでまりも同じ感想を持ったようだが、笑うことはしなかった。由樹が真剣な目で父親を見つめていたからだ。温かな親子の情の邪魔をするのは忍びない。

「こでまりも雪うさぎ見に来る？」

笑顔で振り向いた由樹に、こでまりは静かに答える。

「なーん」

「由樹くんとお父さんは走って帰るんでしょう。私とこでまりは走れないから、一緒には行けないな」

「そっかあ」

残念そうにしてくれる由樹は、よほど、こでまりを気に入ったのだろう。名残惜しそうに、こでまりの靴下の前足を撫でる。それから秘密の話をするために声を潜めてこでまりの耳に口を近付けた。

「僕、うちに帰ったら、お母さんに謝るんだ。嫌いって言ってごめんなさいって。それでね、大好きって言うんだ」

こでまりは喉をごろごろ鳴らして由樹を応援した。

「これで少しは冷たさが長持ちしますよ」

祐司が作った包みは何層も紙を重ねて、中に入っている雪玉の倍ほどにも膨らんでいる。まるでバレーボールでも入っていそうだ。

「ご親切にありがとうございます。このお礼は、いつか」

またまた深く頭を下げた父親に、祐司は優しい笑みを見せる。

「気になさらないでください。それより早く帰らないと、この保冷方法は万全ではないですから」

「お父さん、行こう！」

由樹が父親の腕を引っ張った。

「それでは、また」

父親は何度もぺこぺこ頭を下げて、由樹に腕を引かれるまま公園から駆け出していった。

その後ろ姿を見送って、咲良はふいと祐司を見上げた。

「お礼をしてもらえばよかったね」

返礼を貰えるほどのことはしていないが、と祐司は首をかしげた。

「焼き芋、買ってもらえばよかったね」

「いいえ、俺はたいしたことはしてませんから」

「んん」

こでまりは目を細めて祐司を見る。祐司の人のよさを心底から褒めてやっている。

「そうだね。そこが祐司くんの良いところだったね、こでまり」

正面から褒めてもらった祐司は晴れやかな表情を見せた。それを見た咲良とこでまりが微笑む。太陽よりも暖かい笑顔だ。もうすぐ、雪も融けるだろう。

四月の名刺

春だ。

那珂《なか》親水公園《しんすいこうえん》の桜並木も満開だ。祐司《ゆうじ》は心躍る時間を後押ししてくれているような陽気に顔をほころばせる。副業のキャリアカウンセリングが順調に進んだおかげで、咲良《さくら》との待ち合わせの時間に余裕を持って向かうことができた。

今日の祐司は、副業のためにスーツを着込んでいた。イギリスタイプではあるが優しい印象のデザインが、すらりとした長身と理知的な顔立ちを柔らかく見せてくれる。

咲良にスーツ姿を見せるのは初めてだ。四年前までの学生服と、大学を卒業してから屋台を引くようになったラフな服装のときにしか会ったことがない。のんびりした咲良のことだ、祐司がいつもと違う雰囲気だと気付かないだろう。それどころか、普段から祐司がどんな服装だろうと気にも留めていないかもしれない。その可能性が高いと思うとおかしくなって、祐司は一人、微笑む。その明るい気持ちを堪能しようと、公園を一周する遊歩道をゆっくり歩く。

青空に映える桜色に、ついつい目を奪われそうになるが、花見は咲良と一緒に楽しむのだと視線を上げずに桜の木は見ないふりをした。

代わりに遊歩道にたくさん並んだキッチンカーを眺める。平日だというのに集まっている大勢の花見客目当てに、様々な種類のキッチンカーがやってきている。

ネパールカレーの店からキレのあるスパイスの香りが漂ってくる。隣のケバブの店ではエスニックな音楽が流れている。ジェラートのキッチンカーではコーヒーも提供している。咲良は甘いものに目がないから、きっとこの店の前で立ち止まるだろう。昼食時を少し過ぎている。それでも、どの店の前にもメニューを覗き込む客がいて活気がある。

咲良がこでまりと共に自宅で昼食を終えてからの待ち合わせだ。食事も共にしたら、より楽しかっただろう。けれどこでまりは食事に時間がかかると知っている。病状が思わしくなく、食欲が落ちてしまっている。無理はしないで欲しいと祐司も思っていた。

キッチンカーの列は公園のトイレの傍で終わっていた。そのトイレに一番近いキッチンカーには人影が見えない。近付いて車内を覗いてみたが、誰もいない。トイレに入っているのだろうか。それにしても店を無人にしたまま出かけるとは、なんとも不用心すぎるだろう。他人事ながら心配になって店主が戻るまで店の前で待つことにした。

五分待っても店主は現れなかった。腕時計をまた確認する。咲良との約束の時間まで十分を切った。待ち合わせ場所は公園の入り口だ。十分あれば余裕で歩いていけるけれど、咲良は几帳面な性格だ。待ち合わせ時間より早く来ているかもしれない。すぐに戻りたいが、無人のキッチンカーを置いてもいけない。天秤に掛ければすぐに咲良の方に傾くかと思いきや、自分はかなりおせっかいなようだと自覚した。キャリアコンサルタントとして自己分析は完璧だと思っていたが、やはり人生にはわからないことが山ほどある。

「あ！」

　声が聞こえて振り向くと、たこ焼きを左手に、長い楊枝を右手に持った男性が駆けだしたところだった。

「すみません！　お待たせしました！」

　虹色のニット帽をかぶった男性は、祐司のもとに駆け寄ると深々と頭を下げる。両手は掲げたままで、まるで祐司にたこ焼きを捧げているかのような格好だ。祐司は吹き出しそうになったのを、かろうじてこらえた。

「すぐに準備します。ご注文は？」

　どうやらこの男性がキッチンカーの店主のようだ。三十代の前半くらいに見えなくはないが、なんとなく子どもっぽさを残しているように思える。とにもかくにも、やっと戻ってきてくれて、祐司はほっと息をついた。

「いえ、すみません。客じゃないんです」

　店主は目に見えてがっかりした。肩を落とし項垂れて、ため息をひとつ。

「そうですか。そうですよね。自分だって、おはぎよりたこ焼きが食べたくなったくらいですもん」

「おはぎがあるんですか」

キッチンカーに目をやっても、看板も出ていなければメニューも掲示されていない。商売をする気はあるのだろうか。店主も商売下手な自覚があるのか、なんだか覇気がない。

「おはぎとおでんを置いてます。味には自信があるんですけどね」

「そうですか」

店主が味に自信を持っていても、なにを置いているのかもわからない店に近付く人は、あまりいないのではなかろうか。

「待ち合わせがあるんで行きますが、たぶん後で伺います」

言い残して祐司は駆けだす。後ろから「お待ちしてまーす！」という声が追ってきた。

公園の入り口に辿《たど》り着くと、やはり咲良はすでに立っていた。ブランケットにくるまったこでまりとなにか喋っている。

「すみません！　遅れました！」

ラストスパートをかけて咲良の前で急停止した。

「遅れてないよ、大丈夫」

「でも、お待たせしてしまって」

息が上がってしまっている祐司に、咲良はにこりと笑いかけた。

「走ってきてくれて、ありがとう。祐司くんの優しいところが見られて待ったかいがあったよ」

その笑顔を見ることができて、走って来たかいがあったのは自分の方だと祐司は思う。咲良はいつでも祐司を喜びで包んでくれる。

「どうしましょう。どこかに座りますか？　こでまりは疲れてない？」

「こでまりが遠くまで見たいって言ってるから、散歩しよ」

「わかりました」

祐司はこでまりの鼻先に指を近付ける。こでまりは額を押し付けて撫でろと要求する。耳の間の小さな面積の額をかりかりと、こでまりが満足するまで掻いてやって、二人は歩きだした。

遊歩道の幅はかなり広い。キッチンカーが乗り込んでも、その前でキャッチボールできるくらいの広さがあって、子どもたちがはしゃぎ回っている。遊歩道から桜並木までの間の芝生にはレジャーシートを敷いて酒盛りをしている若者たちがいた。花見なのに、桜をどれだけ見上げているのかわからないなと思うと、若さが微笑ましい。

「どうしたの、祐司くん」

「え？」

咲良とこでまりが揃って祐司の顔を覗き込む。

「なにか、おかしかった？」

「いや、大学生は花見をしても、花を見ずに酒ばっかり飲んでるな、若いなと思って」

くすくすと笑う咲良と、目を細めてにやにやしているように見えるこでまり。今度は祐司が、なにがおかしかっただろうと首を傾げた。

「一昨年まで祐司くんだって大学生だったじゃない。急に老けたみたいなこと言って。まだまだ若者でしょ」

そう言われればそうかもしれない。しかし社会人を一年経験してみると、学生時代の自分がどれだけ暢気《のんき》で考えが浅かったかと思い知らされることばかりだ。

春夏冬屋《あきないや》は祖父が脳梗塞で倒れてから引き継ぎアルバイトとして働いていた。卒業後は屋台一本で暮らしていこうとしていた祐司を両親が必死で説得しようとした。せっかく大学を出たのに、仕事が春夏冬屋では心もとないではないかと言って。

祐司は学歴と職業の間に相関関係はあまりないと考えている。職種によっては、どうしても専門的な勉強が必要なこともある。それはわかる。だが、屋台を引くのに必要なのは役所関係の届け出の知識、体力、接客力などなど。それよりも大切なのは芋の良さを引き出す腕だ。職人として研究して、腕を磨いていくことには時間がかかる。一生を費やしても足りないかもしれないくらいだ。

しかし、こでまりが言ったのだ『人を知れ』と。もちろん、祐司にこでまりの言葉はわからない。

その日は咲良とともに公園を散歩していた。まだ元気で自分の足で歩いていたこでまりは、ただ祐司の足にちょんと触れただけだ。そして祐司の目をじっと見つめた。

「そうだね、こでまり」

咲良がそう言って頷き、祐司は副業を持つことを決めたのだった。

その思い出は一瞬で脳裏に浮かび過ぎ去ったが、そのときの感情は胸に残った。桜の花を真新しい気持ちで見上げる。

「そうですね、俺はまだまだ青二才です」

祐司が自戒の念を込めて言うと、こでまりは満足そうに「ん」と言った。


「祐司くん！　ジェラートだって！」

予想通り咲良はジェラートのキッチンカーの前で足を止めた。

「食べますか？」

「食べたい！」

子どものようにキラキラした瞳で咲良はキッチンカーのメニューを見つめる。

「ミルク、塩、ピスタチオ。三種類もある。悩む。悩むよ、祐司くん」

名前を呼ばれたが、咲良はとくに祐司の意見を求めてはいないようだ。熱中しすぎて周囲の声を聞いている場合ではなさそうに見える。

「こでまり、どれにしよう」

やはり意見を求めているようではなかったが、こでまりは起き上がって咲良の鼻に鼻を合わせた。

「あ、そうか。こでまりも食べたいよね。ミルクにするね」

鶴の一声とはこういうことかと祐司は納得して、ミルクと塩のジェラートを注文した。

「祐司くん、お財布がコートの左のポケットに入ってるから、取って」

咲良は薄茶色のニットコートを着ている。左のポケットを差し出すため、腰をぎゅっと祐司の方に突き出した。ポケットに手を入れたいのはやまやまだが、とてもそんなことはできない。咲良のポケットの中は神聖な洞窟であるかのように祐司には感じられるのだ。

「いや、俺が出します。恩返しです」

「そんな鶴の恩返しみたいに言われても」

咲良はくすくす笑いだしたが、祐司は真剣だ。

「俺が進学できたのは先生のおかげですから」

「先生って誰のこと？」

咲良はいたずらでもしているかのように、くすくす笑う。

「……咲良さん」

咲良を名前で呼ぶたびに、祐司は大人になったという思いを再確認する。その生真面目な様子を咲良はまた、くすくす笑って見つめる。こでまりも一緒になって目を細めた。

ジェラートを二つ抱えた祐司と、こでまりを抱いた咲良はベンチを探して遊歩道を進む。行けども行けども数あるベンチはどれも埋まっている。柔らかく練られたジェラートは融け始めて、咲良は焦って早足になった。それでも座れる場所は見つからない。ぴたりと足を止めた咲良が祐司を振り仰ぐ。

「祐司くん、食べさせて」

「え？　なんですか？」

咲良がなにを言いだしたかわからず、祐司は聞き返した。

「あーん」

咲良が大きく口を開ける。祐司は驚いて、ジェラートを取り落しそうになった。思わず後退りそうになる。あーんとしている咲良がかわいすぎて、冷静さが弾け飛んでいる。祐司は、落ち着こうとあたりを見回した。

「あ、あそこに椅子がありますね」

椅子を指さすと「いらっしゃい！」と元気な声をかけられた。

キャンプ用の小さめな折り畳み椅子は、キッチンカーの客のため置いてあるもののようだ。急いで歩いていたため気付かなかったが、いつの間にかトイレ横のキッチンカーまで辿り着いていた。

「どうぞ座ってください。ジェラート、早く食べないと融けちゃいますよ」

他店舗の商品を抱えているのに、おでんとおはぎのキッチンカーの店主は親切だった。祐司は遠慮しようとしたが、咲良はさっと座ってしまう。咲良の膝の上で、こでまりがまた祐司を手招く。

「おや―、その猫ちゃんは招き猫みたいですね」

店主は車を降りてきて、こでまりを見つめた。祐司は丁寧に店主に頭を下げてから腰かける。店主が見つめるなか、祐司と咲良はジェラートを食べ始めた。

「猫ちゃんの名前はなんていうんですか」

「こでまりです」

「こでまり。かわいい名前ですね」

店主がこでまりに視線を戻す。こでまりは首を伸ばして、咲良の手の中のジェラートに集中している。咲良は指先でジェラートを掬って、こでまりの鼻先に近付けた。こでまりは上品にミルクジェラートを舐《な》めていく。

「猫はジェラートを食べるんですか」

「本当は甘いものも冷たいものも、体に良くないんですけど」

体に良くなくても、こでまりが食べられるものなら、なんでも食べさせたいのだろう。寂しそうにしている咲良の気を紛らせようと、祐司が食べかけのジェラートを差し出す。

「味見しますか？」

咲良は返事をする隙《すき》もなく、塩ジェラートに食いついた。

「わあ、不思議な味。なんだか知ってる味なのに、塩だって聞いていなかったら、正体は絶対にわからないね」

「まろやかですよね」

そう言って祐司は咲良が口を付けた残りの塩ジェラートを食べようとして動きを止めた。咲良の唇が触れたジェラート。神聖な供え物になってしまったかのように、口にするのが畏《おそ》れ多い。できればいつまでも見つめていたい。

あっという間にミルクジェラートを食べ終えた咲良が、じっと祐司の手元を見ている。こでまりが窘《たしな》めようと咲良の腕をぺしぺし叩くが、咲良の視線は動かない。

「食べますか？」

祐司が尋ねると咲良は満面の笑みで大きく頷く。こでまりは半眼でそっぽを向く。どうやら呆《あき》れているようだと思いながらも、祐司は神聖な塩ジェラートを女神に捧げた。

塩ジェラートもぺろりと食べてしまい、咲良は満足したようで、こでまりを抱き上げて立ち上がった。キッチンカーを観察しながら店主に尋ねる。

「こちらはなにを販売してるんですか？」

「おはぎとおでんです」

「おはぎ」

咲良の目がキラリと光る。こでまりがまた前足を伸ばして咲良の腕を叩く。咲良はそんなことにも気付かないのか、まだ椅子に腰かけている祐司に、こでまりを渡そうと両手を差し出した。祐司は大切にこでまりを受け取る。こでまりはやれやれといった様子で、祐司の膝の上で丸くなって顔を伏せた。

店主をキッチンカーへと急かすためか、咲良はポケットから財布を出してキッチンカーに駆け寄った。店主は慌てて車に戻る。

「おはぎください」

力強い声の注文に、店主は愛想よく「ありがとうございます！」と応えた。

こでまりの背を撫でている祐司の腹が、ぐうと鳴った。こでまりが顔を上げて祐司の顔を仰ぐ。

「聞こえた？　昼食を食べてなくて」

照れ笑いする祐司を見上げたまま大きめの声で「にゃあ」と言って、こでまりは祐司の腕をぽんぽんと優しく叩いてくれた。

「はい、祐司くん」

椅子に戻ってきた咲良は片手におはぎのパックを、もう片手にはおでんが入った紙皿を持っていた。

「お腹空いてるのに、ジェラート貰っちゃってごめんね」

おでんの皿を祐司に差し出した。だいこん、牛スジ、たまごが熱いつゆにひたひたに浸かっている。

「もしかして、腹の音が聞こえましたか？」

こでまりが「にゃあ」と言うと、祐司はまた照れ笑いを浮かべた。

「ああ、違ったね。こでまりが咲良さんに伝えてくれたんだ」

「にゃ」

これは祐司にも意味がわかる。得意そうに首を伸ばしたこでまりの喉を撫でてやる。咲良が二膳まとめて持っていた割り箸を祐司に差し出した。祐司が一膳取ると「大当たり」と、にっこりする。くじ引きの棒でもないのに当たりを引けるとは運が良い。

「賞品はおはぎ一個です」

椅子に腰を下ろしてこでまりを膝に乗せてから、おはぎのパックを祐司に差し出してみせた。二つ入っている。

「半分こね」

そう言った咲良の笑顔が眩《まぶ》しくて、祐司は幸せに浸った。

おはぎは手のひら半分ほどにも大きく、かなり甘かった。スーパーなどで手軽に買える和菓子とは比べ物にならない甘さだ。けれど、くどくはない。柔らかめのごはんと、粒が半分残ったあずき餡《あん》は滑《なめ》らかで、ぺろりと食べられた。祐司がおでんもおはぎも食べ終えると、店主が空になった食器を回収してくれた。

「すごく美味《おい》しかったです。おでんのつゆが独特ですね」

そう祐司が言うと、店主は嬉しそうに「わかりますか」と応えた。

「うちはかつおぶしだけじゃなくて、さばぶしを多めに使ってるんです。それと、干ししいたけ。母の味なんですけど、お口に合ったなら良かった」

こでまりを撫でていた咲良が顔を上げる。

「なんで看板を出さないんですか？」

店主は「えへへへ」と言ったが、顔は少しも笑っていない。とても悲しそうだ。

「それが、忘れてきちゃったんですよ。いつもは暖簾《のれん》を掛けてるんですけどね」

「あら」

同情半分、笑い半分。咲良は遠慮して大笑いは抑えた。

「にゃお」

言われた通りに、咲良はこでまりを地面に下ろす。こでまりはずいぶんと痩せていた。学生時代の祐司の背中を押してくれたときの、ふっくらとしていたお腹はしぼんでしまって、たるんでいる。それでも歩き方はスマートで、気品のあるこでまりに相応しい。

こでまりはキッチンカーに歩いていくと、ひょいとカウンターに飛び乗った。商品の受け渡しをする窓から中を覗いて、ひげをぴこぴこと動かしながらにおいを嗅いでいる。検分結果に満足したようで三人の方に向き直り、きちんと前足を揃えて座った。白い靴下を履いたような前足を上げて、店主を手招いた。

「ははは、本当に招き猫ちゃんだ。うちにお客さんを招いてくれるの？」

呼ばれるままに、店主はこでまりに近付いていく。

「お、招き猫が動いてる」

若い男性の声がして、見ると、酒盛りをしていた学生のうちの二人がトイレから出てきたところだった。楽しく酔っているようで、見た目からして陽気だ。

「本当だ。電動？」

「いや、本物の猫じゃね？」

二人でぶつぶつ言いながら、こでまりに近付く。すかさず店主が声をかけた。

「いらっしゃい！　おでんとおはぎはいかがですか？」

二人はこでまりから店主に目を移す。

「おはぎ！　いいな、甘いもの」

「買っていこうか」

「ありがとうございます！」

学生たちはたくさんのおはぎを注文した。商品を待っている間、こでまりをかわいがり、店主がビニール袋に詰め込んだ山盛りのおはぎを両手に提《さ》げて去っていった。

「すごいね、こでまり。お客さんを招いたね」

咲良が褒めると、こでまりは満足そうに目を細めた。一仕事終えた区切りだろう、前足で顔を洗っている。店主は満面の笑みで咲良に向かって頭を下げた。

「ありがとうございます。おかげで、たくさん売れました」

「お礼なら、こでまりに言ってあげてください。私はなにもしてませんから」

店主は素直にこでまりに向かって頭を下げた。

「ありがとう、こでまりさん」

「にゃ」

顔を洗い終えて、こでまりが短く返事をする。店主はまた深々と頭を下げた。こでまりがカウンターから下りる気配を見せないので、咲良と祐司は座ってのんびり待つことにした。

「あー、猫ちゃん！」

幼い声がしたと思うと、歩くたびキュッキュ、キュッキュと音が鳴る靴を履いた小さな女の子が、ものすごい勢いでこでまり目掛けて走っていく。

「なっちゃん、待って」

トイレから出てきた若い女性が女の子を追って早足でやってきた。

「すみません、おじゃまして」

女性は小さく会釈しながら駆け過ぎて、なっちゃんを摑まえ抱き上げた。なっちゃんの視線がちょうどよく、こでまりと同じ高さに揃う。

「猫ちゃーん」

腕を伸ばそうとするなっちゃんを、女性はこでまりから引き離した。

「勝手に触っちゃだめ」

こでまりは前足を上げて、ちょいちょいと女の子を招く。こでまりの愛らしさに、女性の口元がほころんだ。

「招き猫だよ、なっちゃん」

「猫ちゃん」

なっちゃんには、招き猫がなにかはわからないようだ。とにかくこでまりを気に入り、こでまりもなっちゃんを気に入ったと前足を伸ばして靴下の足先を見せている。

店主が、ここぞとばかりに母親に話しかけた。

「いらっしゃいませ。おでんとおはぎはいかがですか?」

左に招き猫、右に店主。これはなかなか断りづらい。女性はおはぎを注文した。

「猫ちゃん、ばいばーい」

買い物を終えた母親に手を引かれたなっちゃんは、こでまりに手を振った。こでまりも前足を振ってやる。一仕事終えて、やれやれ休憩という様子で体を伸ばした。

「本当にありがとう、こでまりさん」

店主がこでまりに深々と頭を下げる。こでまりはカウンターの空いたスペースを長い尻尾で叩いてみせた。店主には、こでまりが言いたいことはわからない。

「おはぎを並べたらって言ってます」

咲良が言うと、店主の表情が明るくなった。

「ああ、そうですね。そうすれば、暖簾がなくても一目瞭然《いちもくりょうぜん》だ」

おはぎのパックをピラミッド型に積み上げると、店主はまた、こでまりに丁寧にお礼を言って咲良たちのもとへやって来た。

「いや、こでまりさんは本当にすごい招き猫ですね」

咲良は嬉しそうに、にこっと笑う。

「祐司くんの人生の師匠ですから」

「そうなんですか？」

生真面目な表情で質問されて、祐司もそれにならったような真面目な顔で答える。

「俺が祖父の跡を継ごうと思ったとき、人を知るためにと副業を勧めてくれたんです」

「へえ。人を知ることができる副業って、なんですか？」

「キャリアコンサルタントをしています」

店主は目を丸くした。

「国家資格が必要な仕事じゃないですか。すごいですね」

「死ぬ気で勉強しました」

祐司は謙遜《けんそん》も自慢もしない。努力した時間は貴重なものだと知っていた。いろいろな人に会える春夏冬屋を続けているうちに身に付いた考え方だ。苦労はたくさんの喜びをもたらしてくれる。

「祐司くんは勉強家だから」

この世で誰よりも嬉しい人からの声をかけられて、祐司は咲良を見つめた。

「俺が勉強を好きになったのは、咲良さんが教えてくれたからですよ」

咲良は照れて俯く。店主は温かな眼差しで二人を眺めていた。

こでまりの招き猫と、カウンターに積んだおはぎの効果で、客が寄ってくるようになった。トイレの傍というのは飲食業にとって良い場所ではないと言われるが、この店には強い追い風になってくれている。トイレから出て戻ろうというときに、ちょうど、こでまりと目が合うのだ。そのタイミングでこでまりが、おいでおいでと手招く。白い靴下に引き寄せられるように「招き猫だ」と言って大人も子どももやってくる。

「さすが、こでまり。いつも、困った人を放っておかないですね」

祐司がこでまりに小さく手を振ってみたが、客の相手で忙しく、こでまりは気付いてはくれない。咲良も同じようにしてみたが、珍しく咲良の様子にも気付かない。

キッチンカーには老夫婦、親子連れ、先ほど山のようにおはぎを買っていった学生もまたやってきて列に並んだ。みんながこでまりの前足に触れていく。こでまりは人を選ばずひょいひょいと招いては靴下の前足を差し出しているのだ。

「こんなに働き者だなんて、知らなかった」

ぽつりと咲良の唇からこぼれた言葉だけでは、感心しているのか寂しいのか悲しいのか、判別できない。

「いつもは、働き者じゃないんですか？　こでまりは怠《なま》け者じゃないですよね」

「どうだっけ。最近は寝てばかりだから、忘れちゃったかな」

咲良は、祐司に向かって返事をしたとは思えないほどの小声で呟いた。

気分を変えるためかスマートフォンを取り出して、あとで見せてやろうと、勤労意欲にあふれたこでまりの姿を写真に収める。いつもならカメラを嫌がって逃げるこでまりだが、望遠で盗撮すれば逃げられないのだと咲良は初めて知った。

「こでまりが遠い……」

口からこぼれ出た小さな声を、祐司はしっかりと拾い上げる。

「列に並んで、おでんを買いませんか？　少し寒くなってきた」

夕暮れていた。空は群青に染まり始めて、いつの間にか月が昇っていた。宵闇に沈みつつあるこの時刻、桜色は薄墨色にお色直ししていく。公園の水銀灯が光を投げかけて遊歩道が舞台の花道のように照らされる。そこを歩いていく人は、昼に見た人たちよりも厚手の羽織りものを身につけている。キッチンカーの列に並びながら祐司が尋ねた。

「寒くないですか？」

答えを待たずに咲良の手を優しく握る。驚いた咲良が見上げると、祐司はにこりと笑いかけた。くすぐったくて笑いたいような泣きたいような不思議な気分だ。祐司は、咲良が一人悲しんでいたということを悟られないように気をそらそうとしてくれたようだ。

「すごく暖かくなったよ」

祐司の優しさが、寂しさを押し隠した咲良の胸の奥に沁《し》みる。目が潤んで、ちょっと顔を上げられないなと思っているうちに列の先頭、こでまりのところまで辿り着いた。

「にゃーおー」

リアル招き猫が、大げさなほどゆっくりと祐司と咲良を手招く。咲良は祐司と繋いでいる手を背中に隠して「もう！」と言ったきり、こでまりがなんと言ったのか祐司に伝えてくれない。祐司と目が合うとこでまりはもう一度「にゃーおー」と化け猫かと思うほど低い声を出した。低い声だが、どこかからかっているような調子だなと祐司は思った。

「今日は良い日になったなあ」

客足が途切れた隙に、二人の傍にやってきて腰かけた店主がしみじみと言った。ほかほかのおでんを食べ終えて、店主がお盆に載せてきたサービスのお茶を飲みつつ、祐司が尋ねる。

「なんで過去形なんですか？　まだ花見客で賑わってますが、店じまいですか？」

小さく首を横に振って店主は地面に目を落とした。

「じつは、店を畳もうかと思ってるんですよ。今日を最後にしようかと考えてて」

「そうなんですか」

祐司は顔だけでなく、体ごと店主に向き合う。問うことも促すこともしない。ただ見つめて聞く姿勢を見せている。それだけで、店主は言葉を継ぎやすくなったと感じたようで熱心に話しだす。

「キッチンカーには、おでんとおはぎは向かないみたいです。どちらもキッチンより、『お勝手』という言葉が似合うような気がしてしまって」

「お勝手ってなんですか？」

休憩するために戻ってきたこでまりを膝に抱いて、咲良が尋ねた。

「台所のことですよ。台所も、もう古いかな。キッチンです。お勝手じゃ、若い人には通じませんよね。うちの方では私の同級生でも、まだ使っていた人もいたんですけど」

寂しそうに店主は自分の手のひらを見下ろす。そこになにか大切なことが書いてあるかのように、じっと見つめている。自分が使っている言葉が通じないということは、どれほど心痛むものなのだろうか。こでまりといつでも心を通わせることができている咲良は、自分が恵まれているのだと知った。

「出身はどちらなんですか？」

「北九州《きたきゅうしゅう》です。福岡県《ふくおかけん》北九州市。鉄鋼業なんかで有名なところですよ」

咲良は北九州工業ベルトという言葉を祐司に教えたことを、ふと思い出す。

「こちらのおでんは北九州の味なんですか？」

咲良が尋ねてみると、店主は興味を持ってもらえたことが嬉しいようで、楽しそうな笑顔に戻った。

「さあ、どうでしょう。自分が北九州に住んでいたのは小学生の頃までで。あとは父親の転勤で日本中をあちこちでしたから。私は屋台でおでんを食べたことはないんです」

育った場所が違っても、生まれた土地が故郷なのだと店主は思っているようだ。懐かしく思い出して話せていることも、やはり嬉しいらしい。

「子どもは、あんまり屋台に行かないですもんね。お酒があるところだし」

咲良が重ねて尋ねると、店主は嬉々として答えた。

「北九州の屋台はお酒を出さないんですよ。おでんとおはぎがポピュラーなんです」

「そうなんですか。じゃあ、子どもが行っても大丈夫ですね」

「そうだったのかもしれませんねえ。行ってみたかったなあ」

故郷に帰れば屋台はあるだろう、なにか帰らない事情でもあるのだろうか。尋ねようと咲良が口を開きかけると、こでまりがひらりと地面に飛び降りてキッチンカーへ向かう。

三人がトイレの方に顔を向けると、五十代前半くらいだろうか、コンビニのビニール袋をぶらさげた赤い顔の男性がトイレから出てきたところだった。かなり酔っているようで、ふらふらと足元が覚束ない。

「おー、招き猫がおるやんか」

酔っぱらいは、こけるのではないかと心配になるほどの千鳥足でキッチンカーへ寄っていく。店主が酔っぱらいに近付く。

「大丈夫ですか？　水を飲みます？」

「らいじょうぶ、らいじょうぶ。まだ呑めますヨ」

酔っぱらいの横に店主が立つ。なにかあったら支えるつもりのようだ。酔っぱらいはビニール袋に入った空き缶をカラカラ鳴らしながらキッチンカーに向かう。

「あああ！」

突然、酔っぱらいが叫び、カウンターを指さした。

「おはぎじゃんか！」

よろよろと走りだそうとして、地面に蹴躓《けつまず》いた。店主が危ういところを抱きとめる。

「おはぎじゃんか！」

店主は酔っぱらいを助けて歩かせながら言う。

「おでんもやってます」

「おはぎとおでん！　なんで？」

店主の顔にぐいっと顔を寄せて酔っぱらいが、がなりたてる。店主は少し身を引いた。

よほど酒臭かったのだろうと咲良はおかしくて笑いだした。

「なんでと言われても……」

「なんでかちゃ！」

酔っぱらいが訛《なま》りを丸出しにした。その言葉で気付いた店主が笑顔になる。

「北九州弁！　北九州の方ですか！」

「そうち。あんたも？」

「そうです。小倉《こくら》出身です」

「おー、俺もっちゃ。葛原《くずはら》やけど、小倉南区の。あんたは？」

「小倉北区の熊本《くまもと》です」

「近いやないか」

酔っぱらいが店主の肩をばんばん叩く。店主がよろけるほどの勢いだ。

「じゃ、なんか。おでんは小倉の味？」

「それが、私は屋台のおでんを食べたことがなくて、母の味付けなんです」

「お母さんは、どこの人？」

「熊本です」

「じゃあ、ずっと地元に住んどうとか？」

「あ、すみません。小倉北区の熊本じゃなくて、熊本県の方です」

「なんかちゃ、煩わしか。最初から、そう言えちゃ」

　酔っぱらいは、かなり早口の大声で話す。ケンカを売っているように聞こえるが、表情は明るい。北九州弁の語調が荒いだけのようだ。酔っぱらいは、こでまりに再度招かれてカウンターに向き合った。

「おはぎ、おはぎ！　それと、スジとだいこん！」

　チューハイの空き缶がたくさん入っているコンビニの袋をカウンターに放り出して肘《ひじ》をつく。店主の仕事ぶりを見るために、窓から車内に顔を突き入れている。待ちかねている客の腕を、こでまりがトントン叩くが、酔っぱらっているせいか、おでんとおはぎにしか注意が向いていない。こでまりはつまらなそうに足を体の下に畳み込む香箱《こうばこ》座りと呼ばれる座り方をして、むくれてしまった。離れた場所で咲良がくすくす笑いだしたことには気付かないふりをして、そっぽを向く。

「よしゃあ！　来た来た来た！」

　酔っぱらいは、店主がカウンターに置いた紙の器に頭を突っ込むかと思うほどの勢いでズズズと音高く、おでんのつゆを啜る。

「っくあー！　美味《うま》い！　美味いけど小倉の味じゃないけん、惜しかち」

　店主は苦笑いして、サービスのお茶のコップをカウンターに置く。

「やっぱり、違いましたか」

「醤油が違う、甘さが全然足りん。あんたのおでんは、上品」

「すみません」

　酔っぱらいは思いきり背伸びして腕を伸ばし、頭を下げた店主の肩をばんばん叩く。

「謝ることっちゃないいちゃ。上品なのは、いいことやち。北九州も昔みたいに荒い土地じゃなくなったらしか」

　なくなったらしいと伝聞系で話す酔っぱらいは、長らく故郷に帰っていないのだろう。

　そのせいもあって、おでんとおはぎの取り合わせに感激したようだ。咲良がそう思っていると、酔っぱらいの大声にまいったようで、こでまりが咲良の膝に戻ってきた。しかし酔っぱらいはこでまりの後ろについてくるようにして椅子に寄ってきた。

「こんばんは。おじゃましますよ」

　そう言いながら、空き缶の隙間におはぎのパックを突っ込んだコンビニの袋を膝に置いて、おでんに箸を付けた。立ち昇る湯気から、ほどよい塩気を感じる出汁《だし》が香る。そろそろお腹が空いてきた咲良と祐司の視線が、つい酔っぱらいの手元に向いてしまう。

「美味いですよ。あなたたちも、おでん食べましたか？」

「はい。おはぎもいただきました。すごく美味しかったです」

祐司が膝を繰って体ごと酔っぱらいに相対して答えた。酔っぱらいの様子になにか気になるところがあるらしい。

「おはぎも美味いかあ、楽しみだ。やはり、花見と言ったらこの組み合わせですからね」

「先ほど、お店の方とお話しされてましたが、北九州の方なんですか」

「そうなんですよ。故郷と離れたところで懐かしい品揃えに出会えてね、感激です」

話しながらも、ブルドーザーが崖を切り崩すかのような勢いで、だいこんを食べ進める。せっかちなのだろう、食べるスピードがものすごく早い。消えるようにだいこんが飲み込まれていく。料理を待たせず温かいうちに食べきる、いい食べっぷりだ。

「北九州には帰っていらっしゃらないんですか？」

だいこんを食べ終えて牛スジ串を握った酔っぱらいは、ぼうっと遠くに視線をやる。どこを見ているのだろうと咲良が視線の先を追って振り向いていると、こでまりが小さく「んな」と言う。

「目をこらしても、ここから北九州は見えないと思う」

こでまりだけに聞こえる小声で呟くと、こでまりは咲良を見上げて「ん」と言った。

「すみませんね、故郷を思う詩情がわからなくて」

拗《す》ねてみせてから、咲良は傍観者に徹することにした。

「帰っても知ってる人はもういないんです。もとから人付き合いは苦手で知人も数えるほどしかいなかったけど、今は完全に音信不通でね。両親も親戚縁者も死に絶えて」

大ぶりに切って串に刺した牛スジは、出汁の色に染まるほど味が染みている。酔っぱらいは、その牛スジを二切れ一緒に口に入れた。

「美味い」

唸《うな》るように言って、すぐに飲み込む。

「あなたは、生まれはどちらですか」

酔っぱらいに尋ねられて、祐司は丁寧に答える。

「私は先祖代々、この街に住んでいます。名前もこちらに多い、香川《かがわ》といいます」

牛スジを飲み込んでしまった酔っぱらいが何度か頷いた。

「ああ、うちの会社にも三人、香川さんがいます。入社順に、一香川《いちかがわ》さん、二香川《にかがわ》さん、三香川《さんかがわ》さんって呼ばれてますけどね」

酔っぱらいは「ははは」と笑っておでんのつゆを飲み干すと、紙皿を地面に置いた。おでんのつゆとサービスのお茶で水分をたっぷり摂取できたせいか、酔いもだいぶ醒めたようだ。ジャケットのポケットから名刺入れを取り出して祐司に差し出す。

「松尾《まつお》と申します。この名字は、北九州では多い方ですね」

祐司も名刺を渡す。松尾は受け取った名刺をじっくりと見つめてから、祐司の顔に視線を移した。

「キャリアコンサルタントをなさってる」

「はい。まだまだ駆け出しですが」

「それは、どんなお仕事なんですか」

松尾はまだ多少、酔っぱらってはいるものの、サラリーマンらしい口調になる。祐司も合わせるようにして副業のときに見せる対応になった。いつもより表情がキリっとしているが、柔らかな雰囲気は少しも変わらず人を惹き付ける。

「キャリア形成のための自己評価を固めるお手伝いをしております」

「それはまた、難しそうな」

名刺入れを持った手を膝に置いて、松尾は商談でもするような顔つきで話を振った。

「いえ、やっていることは単純です。自分自身と仲良くしてもらうだけなんです。自分が生きてきた道を振り返って、なにが好きなのか嫌いなのか、なにが得意でなにを武器にしてきたのか。今どんな問題を抱えているのか。そのうえで、この先どんな自分になって、どう働きたいのか。いわば、人生の棚卸のようなことをするんです」

「棚卸と来ましたか。決算が近くなると大変なんですよね」

経理畑で働いているのか、製品管理のうえで重要な棚卸という言葉を、松尾はしみじみと口にする。その声には哀愁さえ漂っていた。

「まあ、私なんかどれだけ棚卸しても自分が嫌になるばっかりでしょうね。仕事もできない昇進もないボーナスも雀《すずめ》の涙。だから家族にも見放されてね」

「仕事ができないと思うことが、ご家族との距離と関係しているのでしょうか？」

松尾は口をつぐんで首を傾けて考え込む。祐司はゆったりと、その場の空気に紛れ込むようにして松尾の考えがまとまるのを待った。

「そうかもしれないですねえ。とにかく私は人に誇れるような大黒柱っていうような風格とは縁遠いから。ぐらぐらの細い柱ですからねえ」

キッチンカーの店主がやってきて松尾の隣に座り込んで尋ねる。

「大黒柱って、太くても細くてもそこにあるだけで心の支えになるものじゃないですか？」

「ははは」

笑い声をあげはしたが、松尾の眉間にはシワが寄っている。困っているのかヘソをまげたのかはわからないが、感情が読めない表情だ。

「誰だってあてにならない大黒柱しかない家なんていらないでしょう、今にも倒れそうな柱なんて。そんなもんで支えようったって危なくて住めたものじゃない」

投げやりな様子の松尾を見て、店主は気まずそうに黙ってしまった。松尾も愚痴《ぐち》をこぼすつもりはなかったのだろう、居心地悪そうにしている。けれど、そんな空気は祐司が優しい声を出すだけで、あっさりと消えた。

「松尾さんの気持ちは、しっかりした大黒柱になることに向いているのでしょうか」

「そうですねえ」

答えつつ、松尾は少し体をひねって店主から目をそらした。

「私には到底、無理ですが、せめて家族を雨風から守るくらいはしてみたいですよ」

「ご家族は何人ですか？」

「四人です、私を入れて。妻と息子と娘。子どもは、どちらも妻に似ていて、なかなか顔立ちがいいんですよ。私に似なくて本当に良かったですよ。ははは」

よく言う冗談なのか明るく笑う。子ども思いの父親らしいことが伝わってくる。

「お子さんは、おいくつですか」

やはり子どもの話になると嬉しいようで、松尾の表情が明るくなった。

「息子が二十二歳。今度、東京の大学を卒業します。娘が今年で十八。兄ちゃんと同じ大学に入るんですよ」

「子どもさんたちは仲が良いんですね」

「いやあ、小さい頃はケンカばっかりでしたけどね。今は」

視線を落とした松尾は小さなため息をついた。

「どうなんだろうなあ。もう何か月も子どもたちと話してないんですよ」

キッチンカーから電球の橙色《だいだいいろ》の灯《あか》りが漏れ出して、あたりを柔らかな光で包んでいる。松尾はその光に背を向けていて、顔は陰になり暗い。

「家族揃って食事をしたのなんか、息子が中学生だった頃までかな。いろいろありますからね、反抗期にはね」

祐司は頷きながら、松尾を見つめている。松尾の声は小さく、か細い。

「子どもたちの気持ち、私もわかりますけど、親はこんなに寂しいもんなんですねえ」

祐司の顔を見て松尾は口をつぐんだ。祐司の瞳はとても優しい。

「松尾さんは子どもの頃、家族との食事が嫌だったことがあるんですか？」

促されたおかげで、松尾は言葉を吸い寄せられたかのように、すうっと話しだした。

「反抗期には、もう嫌で嫌で。大学進学で家を離れたときは嬉しかった。でもね、この頃、夢を見るんですよ」

松尾が話しながら両手をごしごしと擦り合わせたのは、肌寒いからだろうか。それともなにか祈るような気持ちであるからだろうか。

「うちはいつも鍵が開いてて、近所の人が、しょっちゅうしょっちゅう、やってきてたんです。なかには何時間も居続けてしゃべりまくる、梅干しみたいな顔をしたばあちゃんなんかもいてね。両親が話し好きで人が好きで、元気にみんなを歓迎するんです。その頃の賑やかさの中に私もいて。みんなでミカンなんか食べてね。それで目が覚める」

夢を見る、目が覚める。朝起きて、寂しい食卓が待っている今の日常が続く。夢と現実の間には過ぎ去った時間のぶんだけ遠い遠い距離がある。祐司は尋ねる。

「夢は楽しいんですか？」

「すごく楽しくて起きると泣きたくなります。思い知るんです、この世のどこにも、もうあの家はないんだって。理想の家なんかじゃ全然なかった。けどね……。夢に見るんだ」

乾いた声だ。けして湿った感情を表すような声ではない。それなのになぜだろう、松尾が泣いているように感じられるのは。

「お話し中、失礼しますね」

いつの間にか席を立っていた店主が、湯気の立つ紙コップをお盆に載せて運んできた。

「お茶をどうぞ」

一人一人に手渡してくれた紙コップに温められてほっとする。咲良は両手で包み込み、コップの底をこでまりの肩のあたりに当ててみた。少しは温かいようで、こでまりも満足そうにしている。

「おかげさまで売り切れました。こでまりさんに、なにかお礼をしたいんですが」

こでまりは喉を鳴らしながら「なーお」と答えた。店主が尋ねる。

「なんて言ってます？」

「明日も、ここに来てって。また招き猫してあげるからって言ってます」

「そうですか、ありがとうございます！　明日なにか持ってきますね。イリコなんかどうでしょう。あ、煮干しのことです」

ごろごろと喉の音が大きくなる。

「イリコは大好きです」

「では、たくさん用意します」

咲良たちの会話を聞いていない松尾はお茶で温まった手を見下ろしてぼんやりしていた。

「松尾さんは、できれば育った場所を取り戻したいと思っているんですか？」

祐司はまた質問を始めた。松尾も自分との対話を再開するかのように目をつぶる。

「取り戻すねえ……。気付いたときにはもう遅すぎるって、そんなもんじゃないですか。夢に見るって言ったって、両親がどんな顔で声だったか、うろ覚えですしね」

店主が膝を乗り出して松尾の顔を覗き込む。

「でも、お客さんは、おでんの味を覚えてたじゃないですか」

こでまりが店主に対して祐司の邪魔をするなと「ん」と不服を申し立てたが咲良はその意見を伝えるのはやめておいた。祐司が店主に真っ直ぐな視線を向けているからだ。

「いや。私はこちらのおでんの味は小倉の味じゃないって失礼なことを言っただけで」

「この味は違うって言えるのは、懐かしいおでんの味を覚えているからですよ」

思いもしない言葉だったのだろう。松尾は店主を見つめた。店主はにこやかに言葉を続ける。

「おでんを食べて小倉の味じゃないと言ったときのお客さんは、とても良い笑顔でしたよ。もう食べられないとしても、思い出せば笑顔になれる。実家って、そういう、おでんの味みたいな場所じゃないですか」

食べ物に例えられると、ほのぼのとして場が和んだ。松尾の表情も明るくなる。

「いいですねえ。おでんみたいな実家って、暖かそうで。うちには縁がないなあ」

「うちって、今のお住まいですか？」

こくりと深く頷いて、松尾は苦笑いした。

「冷えきってますよ」

「うなあ」

こでまりが松尾に語りかけた。咲良がこでまりの言葉を伝える。

「松尾さんのお子さんも、松尾さんと同じだよって言ってます」

咲良が何を言いだしたのか松尾には意味がわからなかったようで、ぱちくりと瞬《まばた》いた。

「言ってますって、誰が？」

「こでまりです」

「こでまりって？」

「にゃ」

自己紹介代わりに前足の靴下を差し出して見せる。

「こでまりは人間の言葉がわかるんです」

あどけない咲良を見て、なにが気に障ったのか松尾はバカにした笑いを見せた。

「それはすごい。天才猫ちゃんですね。はははははは」

「んなあああああお」

「猫を信じないと七代祟《ななだいたた》るって言ってます。子々孫々、故郷に帰れないようになってもいいのか、ですって」

松尾の笑いが、すっと消えた。眉間にしわが寄るほど怒っている。

「しょうもない話ば聞きたくないちゃ。猫が話す、七代祟る？　あるわけないちゃが」

言葉を重ねるごとに苛立ちが募っているようだ。声が荒々しくなっていく。

「魔法だ奇跡だ運命だ。そんなもんがあるなら、俺の人生はもっと良かったたちゃ」

「良かった人生とは、例えばどんなことを思われますか」

祐司にそう問われて松尾は黙りこくった。考え悩んでいるわけではない。答えはいつも胸の内にあるのに人には言えない、言いたくない。そう思っていることがありありとわかる。祐司は急かすようなことはしない。咲良と店主は二人の邪魔をしないようにと、静かにお茶を飲んでいる。松尾はちらりちらりと視線を動かす。咲良と店主ができるだけ聞かないようにしていること、祐司が静かに待っていることを確認する。最後に、こでまりだけが、松尾を後押しするかのように、じっと見つめていることに気付いた。こでまりを見つめながら、小さな声をこぼす。

「子どもたちが小さかった頃みたいな時間がずっと続くことです」

膝に置いた両手をぎゅっと強く握る。

「奇跡なんて起きない。子どもたちはうちを出ていくし、もう二度と一緒に食事なんてできない。俺が両親を捨てたように、俺も捨てられる。繰り返すんですよ」

大きなため息をついて項垂れた。

「こんなところばかり俺に似るなんてなあ。子どもたちもきっと思い出すんだろう。両親がいた実家を夢に見るようになって。なくして初めて泣くんだ。……泣いてしまうんだ」

言葉の最後は、か細く消えかけていた。それでも祐司は大切に聞き取った。

「子どもたちに泣いて欲しくないんですか」

松尾ははっとして顔を上げる。

「そんなこと……、考えたことなかった。子どもたちは勝手にしてるから、泣こうが喚こうが、俺には関係ないって思って」

呆然《ぼうぜん》としている松尾に、こでまりが「にゃあん」と話しかけた。松尾はこでまりに目をやる。じっとこでまりを見つめている。

「撫でてもいいですか」

こでまりは前足でおいでおいでと松尾を招く。うんと手を伸ばした松尾に顎の下を撫でてもらって、こでまりはごろごろ喉を鳴らした。松尾は目を細める。

「さっきはごめんな。人間の言葉がわかるって話をバカにしたわけじゃないんだ。俺が信じられないだけなんだ。疑り深いんだ」

姿勢を正して祐司に向かい合う。

「人を信じていないんですね、俺は。子どもたちが大人になったら、俺みたいに出ていくはずだって勝手に決めてた。けど、違うかもしれないですよね？」

今までとは違う松尾の真剣な眼差しを、祐司は優しく受け止める。

「違うとしたら、どうなると思いますか？」

答えは松尾の中にある。松尾の中にしかない。本当の願いも後悔も心の底にうまく隠せたつもりでも、それは嘘だと知っている人がいる。暴き出してしまう人物がこの世の中にたった一人いる。それは自分自身だ。松尾は宙を見つめて考え込む。こでまりが咲良にだけ聞こえるような小声で尋ねる。

「ん？」

咲良が短く答える。

「ん」

互いにだけ聞こえる声、互いにだけ伝わる思い。きっと松尾が宙に探しているのは、そんな声なのだろうと咲良は思う。

「帰りたいって思ってくれるかもしれない。思って欲しい」

ここでまりが咲良の膝からひょいと飛び降りて、キッチンカーのカウンターに移動した。足を揃えてきちんと座ると、前足でひょいひょいと松尾を招く。カウンターまで歩く松尾についていきながら店主が一見《いちげん》の客を迎えるような口調で言う。

「いらっしゃい。今日は、もう売り切れたんですけど、明日もやってますよ」

「小倉の人間は商売上手ちゃ」

満面の笑みで松尾は祐司の方へ振り向いた。

「この店を家族に見せたいです。おでんとおはぎの屋台がある街が、俺の故郷だ。故郷の人は、みんな良い人だって話したいですよ」

松尾と別れて公園の出口へ向かいながら咲良が祐司を見上げた。

「カウンセリングしてる祐司くん、恰好良かった。スーツもすごく似合ってる」

祐司は余裕のある笑みを浮かべた。知らない人を見たような新鮮な思いがして、咲良の鼓動が、どきんと跳ねる。

「咲良さんの前だから、恰好良いところを見せようと必死だったんですよ」

　ぱちくりと瞬きをして、咲良は無邪気に笑う。

「必死にならなくても、祐司くんはいつも恰好良いよ」

　困ったような嬉しそうな複雑な表情の祐司は、ため息を呑み込むために空を見上げた。

「空になにか見えるの？　祐司くん」

　ちらりと視線を移すと、咲良は祐司が見ているものを見ようとして目をこらしている。

いつだって祐司が見ているのは咲良だと気付いてもらえる日は、いつかくるだろうか。

「風が気持ちいいなと思って」

　満開の桜を優しい風が揺らす。一枚、二枚、花びらが舞う。桜の花が終われば、緑の葉が風に光るだろう。桜は日々、変わっていく。

「行きましょうか」

　祐司が言うと、こでまりが姿勢を変えて咲良の肩に身を寄せた。両手でこでまりを抱いていた咲良の片手が空く。祐司はそっと、その手を握った。

六月のドーナツ

那珂親水公園《なかしんすいこうえん》の管理室のドアが開いた。窓越しにざあざあとひっきりなしに聞こえていた雨音が、ものすごくなる。まるで、巨大なバケツの水を、公園の真ん中の池に一気にぶちまけたかと思うほどの大音量だ。梅雨に入ってから、ほぼ毎日こんな大雨が続いているが、今日は一段とすごい降りだった。

「いやあ、すごい雨だねえ」

公園の見回りから戻ってきた高齢の管理職員が、ドアの外、庇《ひさし》の下で雨具についた水滴を払っている。

「お疲れ様です、澤《さわ》さん」

来客用のパイプ椅子に腰かけた祐司《ゆうじ》が声をかけると「うんうん、どうも」と、老紳士然とした澤は、いつものように返事をして室内に入ってきた。

「季節外れの注文なうえに配達を頼んで、それだけじゃなく待たせちゃって悪かったね」

「いえ」

祐司がにこりと笑うと、澤は頭を軽く下げた。そのまま自分の席には行かないで振り返り、ドアの外に向かって声をかける。

「さ、どうぞ。入って」

促されて入ってきたのは、どこかの企業の事務員のものらしい、紺色のベストとスカートという制服を着た二十代前半くらいの女性だ。びしょびしょのビニール傘を提げて腕に小さめの紙袋を掛けている。なにか嫌なことでもあったのか、深く俯いて顔も見えない。細すぎる首に下げているＩＤカードによると、加納亜希《かのうあき》という名前らしい。亜希は室内を見回した。

防水ジャケットを脱いでくつろいだ様子の澤を見る目つきは暗い。祐司に気付くと、嫌なものを見たとでも言いたげに目をそらし、咲良《さくら》もいることに気付いて口を開きかけた。

次の瞬間、亜希はびくりと震えて動きを止めた。顔は引きつり肩はこわばり、持っていた透明なビニール傘を両手で握り締める。

「にゃあ」

亜希は「ひっ」と短く言ってドアに向かって後退り始めた。こでまりは咲良の膝から飛び降りて、亜希とドアの間に立ちふさがる。門番であるかのように足を踏ん張っている。咲良はなにごとかと驚いてぱちくりと瞬きした。

亜希はこでまりから遠ざかろうと部屋の奥に逃げた。と、いっても管理室はそう広くはない。スチール製のロッカーに背中を押し付けても、こでまりと三メートルほどしか離れることはできない。

「んなあ」

「ひっ」

こでまりの声にも亜希は脅える。

「外に出るのは感心しないって言ってます」

亜希は小さく震えながら横目で咲良を見やった。咲良は微笑んで亜希に会釈する。

「こんにちは」

亜希は、こんにちはどころではない。逃げ道を探して小さく頭を動かしている。できれば出ていきたいのだろうが、こでまりはドアの前に香箱座りで落ち着いてしまった。

「猫が怖いのかい」

澤が言うと、亜希は何度も激しく首を縦に振る。こでまりは「にゃん」と亜希に語りかけた。亜希は青ざめ、こでまりから目をそらす。

「こっちに来てお掛けなさい。お茶を淹《い》れるから、お弁当を開いて」

管理室の隅にある事務机の横にパイプ椅子を置いて、澤が亜希を招く。少しでもこでまりと距離を取ろうと、亜希はロッカーに背を付けたまま、横歩きで澤の傍まで移動した。

もう亜希は外に行きそうにないと判断して、こでまりは咲良の膝に戻った。一仕事終えて、やれやれだねと丸くなって前足に頭を乗せる。咲良が額をかりかりと掻いてやると、気持ちよさそうに喉を鳴らした。亜希は亜希で、こでまりが動きそうにないと判断したようで、ようやくこでまりに背中を見せてパイプ椅子に座った。

濡れた傘を握り締めて置こうともしない亜希から、澤が傘を受け取ろうとした。亜希は眇《すが》めた目を澤に向ける。それでも澤が手を出し続けると、顔を伏せて、そっと傘を差し出した。澤は扉の脇に置かれた傘立てに傘を据えて、事務椅子に座った。

「そうだ、お茶を淹れるんだった」

澤がまた立ち上がり、咲良と祐司が囲んでいる小さなテーブルのポットに近付く。亜希は澤の背中を追うように視線を動かしたが、なにも言わず、じっと固まっているだけだ。

三つの茶碗とひとつの湯吞みに緑茶が入った。みんなにお茶を配り、澤は湯吞みとともに今度こそ自分の席に落ち着いた。

「どうしたの。早く食べないと昼休みが終わっちゃうんじゃないかな？」

そう促されて、亜希はやっと腕に掛けている小さな紙袋を、事務机の上に置く。隣街の亀屋《かめや》百貨店の袋だ。紙が分厚くて水に強い。まだ咲良が働いていたころ、出勤時に小物を運ぶのに重宝していた。

百貨店の紙袋から透明なパックに入ったお弁当が出てきた。スーパーの総菜用に使われているようなプラスチックのパックだが、中身は手作りらしいおにぎりが二つ。ふりかけがまぶされている。百貨店の紙袋に入っているにしては、質素なパックだ。咲良と祐司が見つめていることに気付いた亜希は、お弁当を隠すように覆いかぶさった。

気を利かせた祐司は部屋の奥の壁に向き合うように座り直したが、咲良は亜希の観察をやめない。こでまりが伸び上がって、咲良の顎をぺちぺち叩いてやると、やっと姿勢を変えて、テーブルを挟んだ祐司の横顔に向かって話しかけた。

「祐司くん、お腹空いたね」

「もう、十二時過ぎましたから」

咲良は、せっかく体の向きを変えたというのに、顔を横に向けて亜希を見る。こでまりが咲良の腕に猫パンチを浴びせたが、気にも留めない。

「お弁当、美味しそうですね」

亜希はやはり、おにぎり入りのパックを体の陰に隠す。両手で覆ってしまって、澤の位置からでも見えなくなってしまった。

「食べないんですか?」

咲良が尋ねても亜希は動かない。咲良はそわそわして、今にも立ち上がって亜希の弁当を覗きに行きそうだ。

「咲良さん、焼き芋がありますから。人のお弁当をじっくり見ないでください」

小声で祐司が囁《ささや》いたが、狭い室内だ、亜希にもしっかりと聞こえていた。手で覆われていたパックは亜希に握り締められて、くしゃりと形を変えた。

「お嬢さん、焼き芋は好きかい?」

澤が尋ねると亜希は上目遣いで見上げた。澤が静かな微笑を浮かべると口を開く。

「べつに」

道端の小石を見るかのような無関心な視線を向けられても、澤が気にした様子はない。変わらず、にこやかだ。

「彼はね」

そう言って澤は祐司を指さす。亜希は恐々と祐司をチラリとだけ見て、すぐにおにぎりのパックに視線を落とした。

「焼き芋を売ってるんだ。春夏冬屋《あきないや》っていう屋台なんだけど、知ってる？」

亜希の頭が少しだけ動いたが肯定したのか否定したのか、まったくわからない。

祐司はテーブルに置いている大きな茶色の紙袋から、新聞紙でくるんでいる焼き芋を取り出して咲良に渡していた。

「あなたも、どうぞ」

紙袋を抱えて亜希の傍に近付いた祐司は、大きめの芋を差し出した。亜希は脅えながらも祐司を睨む。

「お嫌いでなければ、冷めないうちに」

きつい視線に慣れっこなのかと思うほど冷静に、祐司はまた亜希に微笑みかけた。

「今ならまだ温かいので、良ければ」

重ねて勧めると亜希は不審な物を見るような、疑り深い眼差しを祐司に向ける。祐司は手渡しはやめて、おにぎりのパックの横に新聞紙で包んだ焼き芋を置いた。焼き芋は、澤にも手渡される。澤は新聞紙を剝《む》きながら亜希に尋ねた。

「もしかしてだけど、お嬢さんは男性が苦手なのかな？」

亜希は澤から視線をそらして吐き捨てるように言う。

「べつに。嫌いなだけ」

亜希は脚を組み、腕も組み、誰も受け入れないぞと全身で叫んでいた。人を拒絶するために、怒りにも似たネガティブなオーラのようなものを撒き散らしている。澤は亜希のネガティブに呑まれることなく、いつものように親切なままだ。公園管理の一端として見回りをしていることがあるが、澤が積極的に人に話しかけている姿を咲良とこでまりは何度も見かけた。話しかけられた人たちは、みんな笑顔になる。澤は人が好きで仕方ないのだ。

「男性が嫌いでも、この焼き芋の味は良いよ。夏が近いからそろそろ焼き芋の季節も終わりだね。もう食べられなくなる。一口食べてみて」

澤が好きでいても、亜希は澤に心を開くことも、祐司の仕事を認めることも、するつもりはないらしい。咲良は自分の焼き芋を握り締めながらも、亜希の焼き芋が冷めていくのが気になって仕方ない。事務机の方から目をそらすことができないでいる。

澤は事務机の引き出しから、片手に余る大きさの瓶《びん》を取り出した。ミルクチョコレートのような色をしたなにかが瓶の半分ほど入っている。なんだか美味しそうな雰囲気を感じた咲良の目が瓶に引きつけられる。遠目から見ている咲良でもそれが美味しそうだとわかるのに、亜希は空っぽの瓶でも見ているかのような乾いた視線をちらりと向けただけだ。

「チョコレートスプレッドだよ。食べたことあるかな？」

尋ねてはいるが返事がないことにはかまわないようで、澤はチョコレートスプレッドの瓶の蓋を開けている。亜希はまた、ちらりと瓶を見て、しかし澤の言葉は無視した。

澤は瓶の中に入れっぱなしになっている小さなスプーンでチョコレートスプレッドを掬い取る。ねっとりと水あめのようにコシのある粘りだ。黄色味を帯びた薄茶色をしていて、チョコレートそのものではないことがわかる。

「ヘーゼルナッツとチョコの……お菓子っていうのかな？　パンとかに塗って食べるやつだよ。すごく美味しいんだ。このまま舐めても、焼き芋に付けてもね」

問答無用で澤は亜希のぶんの焼き芋を取り上げて新聞紙を少し剝《は》がした。今日の芋は、べにはるか。皮が薄めでパリパリに焼けている。皮を剝かなくても食べやすい品種だ。澤は皮の上にたっぷりとチョコレートスプレッドを塗り付けた。

「どうぞ」

差し出された焼き芋は、食いつくだけでいいように準備されてしまった。どうしても、人と関わりたくないと態度で示し続けている亜希だが、視線はチョコレートスプレッドに熱心に注がれている。

澤の親切は、親切を超えて保護欲なのではないか、亜希を依存させてしまうのではないか。祐司は慎重に事の成り行きを見ていようと、カウンセリングモードに入った。

「どうしたの、祐司くん。やっぱり、お芋はそのまま食べないと嫌なの？」

咲良が小声で労《いたわ》るように話しかけると、祐司は軽く首を横に振る。

「そんなことないですよ。より美味しくなるアレンジなら、どんどん試して欲しいです」

「そうなの？　でも、なんだか怖い顔をしてたから」

怖い顔と言われて眉間を指でぐいぐい揉《も》んでみる。副業のときにそんな顔をしているとは思っていなかった。クライアントに不安な思いをさせてしまっては、なんにもならない。気を付けなければと心構えを持ちつつ、春夏冬屋のときの余裕を表情に乗せた。

「うん、いつもの祐司くんに戻ったよ」

二人のやり取りにはまったく気付いていないようで、机だけを見つめている亜希は澤が差し出した焼き芋にゆっくりと手を伸ばした。嫌々ながら動いているようにしか見えない。それでも澤はにこやかに亜希が受け取るのを待っていた。

「亜希さん、チョコレートスプレッドが好きじゃないなら私のお芋と交換しましょう！」

咲良が元気よく提案する。突然の呼びかけに、亜希はびくりと肩を揺らした。

「な、なんで私の名前を……」

化け物に出会ったかのように目を剝いた亜希を気にすることなく、咲良はこでまりを片手で抱いて立ち上がった。こでまりが身をよじって嫌がる。咲良が焼き芋を持って近付こうとすると、亜希は真っ青になってロッカーの方に逃げていく。

「しゃあ！」

こでまりが牙《きば》を剝き出しにして咲良を叱る。

「そんなに怒らなくても」

亜希は恐ろしい顔をしたこでまりを見て、さらに恐れ慄《おのの》く。足が小刻みに震えている。

「咲良さん、チョコレートスプレッドなら好きなだけ塗ってくれていいよ」

澤が瓶ごと咲良にチョコレートスプレッドを渡すと、嬉々としてテーブルに戻っていく。こでまりは、まだお叱りモードだが牙は引っ込めた。

「お嬢さん、加納さんというんだね。大丈夫、こでまりさんは大人しいから」

亜希はこでまりが咲良を叱ることに集中しているのを確認すると、足音を忍ばせて自分の椅子に戻った。さっと、こでまりから視線をそらして、震える声で澤に尋ねる。

「どうして私の名前知ってるの」

澤は亜希のＩＤカードを指さして、にこりと笑ってみせる。

「あ」

亜希は慌ててカードを外し、紙袋の中に隠した。

「うんうん。個人情報は隠しておいた方がいいご時世だ」

それだけ言うと、澤は新聞紙を中途半端に剝いていた芋を取って、皮ごとかぶりついた。

「うん、美味しい。今日はもっちりタイプだ」

芋を飲み込み、ほかほかと湯気が立つ緑茶をすする。

「はあ。美味しいなあ」

独り言をこぼしながら少しずつ大切そうに食べ進む。見ていると引き込まれてしまいそうになるほど、美味しそうに食べる。亜希は興味ないと装って無造作に焼き芋を摑んだ。しかし視線はチョコレートスプレッドに釘付《くぎづ》けだ。そのままぺろりと舐める。ナッツの香ばしさとチョコの苦みが甘さのなかに際立って、いくらでも食べてしまえそうだ。

「美味しい」

思わずこぼしたというように亜希が呟くと、澤は満足そうに頷いた。

二人が黙々と芋を食べ始めたときには、咲良はすでにチョコレートスプレッドをたっぷり塗り付けた焼き芋を、ぺろりと平らげていた。それでも物欲しそうに、祐司が齧っている芋に釘付けになっている。こでまりが一所懸命「にゃあ」「にゃあ」と何度も注意しているが、咲良は真面目に聞いていない。

「大丈夫よ、こでまり。お芋はヘルシーだから」

「にゃあ！」

とうとう本気で怒ったこでまりは咲良の手を思いきり叩く。

「そんなに怒らなくてもいいじゃない」

唇を尖らせてみても、こでまりは怒りを表し続けて、尻尾の毛を膨らませている。祐司は苦笑して、こでまりに「俺は、咲良さんに分けてあげてもいいんだよ」と言ってみたが、こでまりに睨まれただけだった。

こでまりが咲良を叱って鳴くたびに、亜希は身を竦めていた。それでも焼き芋とチョコレートスプレッドの織り成すハーモニーに魅せられて芋を口に運び続ける。無事に食べ終えた亜希は少し考えてから、包み紙の新聞紙をぐしゃぐしゃと丸めて、おにぎりのパックの上に放り出した。まるで不満を表明しているかのようだ。

「………」

そんな態度を崩さないままで、亜希がなにごとかを呟いた。声が小さすぎて人の耳には聞こえなかったが、こでまりの耳には亜希が『ごちそうさま』と言った声が届いた。

「ん」

こでまりも小声で亜希には聞こえないように咲良に囁いて聞かせた。咲良は嬉しそうに微笑み小さく頷く。

澤は、亜希が食べてくれたことが嬉しかったようで、にこにこしながら亜希を見つめた。

亜希は唇を噛んで俯いている。膝に置いた両手を強く握り締めて、自分の爪先を睨んでいる。祐司が亜希に語りかけた。

「そんなに自分を責めなくてもいいんじゃないでしょうか」

握り締めたこぶしをぶるぶる震わせて亜希は顔を上げた。振り返って祐司を睨んだが、
亜希の顔色は青ざめている。

「なに言ってるのか知らないけど、人のことはほっといて」

「にゃー」

こでまりが亜希に話しかけた。亜希はやはり、びくりと身を震わせて、さっと事務机の方に顔を向け、こでまりを見ないようにする。

こでまりは首をかしげた。咲良を見上げても、咲良はこでまりの言葉を亜希に伝えてくれない。亜希の背中と、こでまりの顔を何度も見比べている。

「もしかして、この人が？」

「んな」

「びっくり」

「ん」

咲良とこでまりはお互いだけで頷き合う。祐司は無理に聞き出そうとはしない。咲良とこでまりには思いを共有しておくための時間が、少しでも長く必要なのだから。

「帰る」

亜希は、がたんと乱暴に椅子を鳴らして立ち上がった。澤は腕時計を見る。

「まだ十二時半にもなっていないよ。職場に戻るまで時間がかからないなら、もう少し休んでいったら、どうだろう」

「私なんかがいたら、邪魔でしょうから」

「いやいや、そんなわけがないでしょう。私が勝手におせっかいを焼いてしまって、来てもらったんだから」

「そういう親切なフリ、迷惑です」

そらされた亜希の視線を追うことはしない。澤はわざと自分の視線を外して微笑んでみせた。まるで野生動物に出会ったときのように、脅えさせないように注意を払っている。

「私のことが迷惑でも、お弁当はここで食べていって欲しい。この大雨のなか、傘を差してベンチで食べようなんて無茶だよ」

「もうこれは食べませんから、ほっといて」

紙袋にパックを押し込む。パックが、ぐしゃっと音をたてた。おにぎりは潰れていないだろうかと咲良は心配して紙袋を見つめた。紙袋はずいぶんとくたびれていた。どれだけ長く使っているのだろう。あちこちにしわができているし、角は擦《す》り減っている。亜希は物持ちが良いのだろうか。

「亜希さんは、物を大事にするんですね」

突然、咲良が会話に割り込んだ。そのことに不快を示した亜希は、眉間にしわを寄せて振り返る。

「は？　なに言ってるの？」

「私は紙袋をすぐにクチャクチャにしてしまうの。持ち方が悪いのかな」

「知らないわよ」

嚙み合わない会話から逃げようと、亜希は紙袋を抱えて咲良から目をそらした。

「長く使うことができないから、紙袋を定期的に替えなきゃいけないんだ」

咲良がそう言うと、亜希は急に怒りを表した。眉間にしわを寄せて顔を歪める。

「定期的に買い物ができるほど余裕があっていいですね」

紙袋をぐいっと咲良の方に向けて突き出す。

「私はこの袋をネットオークションで買いました。三百円もしたんです。でもね、百貨店に行って買い物する十分の一、いや百分の一？　百貨店になんて行ったことないから、この紙袋の店の商品が、どれくらいの値段かなんて知らないけど」

ぽかんとして咲良が亜希を見つめると、亜希ははっとして口をつぐんだ。

「どうして紙袋を買うの？　集めるのが好きなの？」

的外れな咲良の質問に、亜希はもう答えない。

「私も紙袋が好きで、捨てられないの」

こでまりが「んな」と小声で言って咲良の手を叩き、黙らせようとする。だが、こでまりの気遣いはうまく通じず、咲良は首をかしげて質問した。

「見栄を張るため？　紙袋で、どうやって？　誰に？」

亜希の顔がカッと赤くなる。紙袋を放り出して咲良に詰め寄ろうとしたが、こでまりの視線に気付いて足を止めた。

「……バカにして」

「え？」

あまりにも小さな亜希の声を聞き取れずに、咲良が問い返すと、亜希はギロリと咲良を睨んだ。

「物を大事にするとか、私も紙袋が好きとか、味方みたいなふりしても結局は人を貶《けな》すために持ち上げただけ。そういうところ、猫と同じ。人をバカにして値踏みして」

「にゃあん」

こでまりの声に亜希はびくりと震えた。こでまりは咲良の膝でくつろいでいる。

「なーお」

亜希は誰とも目を合わせないように視線をさまよわせながら扉に向かう。こでまりに背中を見せないように、横歩きでじりじりと進む。背中を見せたら襲い掛かってくるとでも思っているかのようだ。こでまりは「なーん」と語りかけた。

「怖がらなくても大丈夫。近くには行かないから」

「……猫なんか、突然動くに決まってる。約束もできないことを言わないで」

ぼそぼそとした声だったが、低く恨《うら》みがましく、まるで、世界中の猫を憎んでいるかのように聞こえる。

「こでまりは約束は守るの。私なんかより正直だよ」

「猫が正直かどうか、どうやって判断するっていうの。嘘発見器にでもかけるつもり？」

咲良とこでまりは顔を見合わせて、首をかしげた。

「嘘発見器って、なに？」

咲良の疑問には祐司が答えた。

「嘘発見器というのはポリグラフという機械の一種です。血圧、脈拍、皮膚電気刺激などを同時に計るんです。嘘をついているときの反応というものは特定されていて……」

説明の途中だというのに、亜希は祐司の言葉を止めた。

「そんなこと、どうだって……」

苦虫を噛み潰したような顔をした亜希が言いかけていることを、今度は咲良が阻《はば》む。

「祐司くんは、どうしてそんなに物知りなの？　すごいね」

亜希に邪魔されて説明できなかったことなど咲良に褒められたことに比べれば、どうということもない。祐司は明るい笑顔で、また答える。

「俺が小学生のとき、クラスで流行ったんです。おもちゃの嘘発見器なんですけど、ローマの『真実の口』の形をしていて。加納さんは『真実の口』をご存じですか？」

亜希は答えずに、祐司の笑顔を見たくないとばかりにそっぽを向く。

「巨大な円形の石の中央に人の顔が彫ってあるというような彫刻で、口が開いているんです。その口に手を入れた者が嘘吐きだと手首を切り落とされると言われています」

咲良とこでまりは同時に頷く。

「テレビで見たことあるよ。怖い顔だよね」

こでまりがマネしようとしているのか、口を開けて目をまん丸に見開いた。明るい室内、こでまりの瞳孔は細く縦長になっている。その目を見た亜希は、やはり顔色を悪くして視線を逃がす。亜希と目が合った祐司は、少し笑ってみせてから話し続けた。

「おもちゃの嘘発見器は、やはり口に手を入れます。嘘をついたら手を噛まれるんです」

咲良も、こでまりのように目を丸くする。

「すごい。どうして嘘かどうかわかるの？　おもちゃなのに」

「おもちゃを抱えている子が適当なタイミングで、口が閉じるボタンを押すんです」

こでまりは口を閉じて座り込んだ。咲良は目をぱちぱちと瞬いたが、驚きは覚めない。

「それじゃ、ボタンを押す子が超能力者じゃないと嘘かどうかわからないんじゃない？」

「本当のことを言ったか嘘を言ったか、誰にでも一目瞭然の質問をするんですよ」

しばらく考えた咲良は、ひとつ提案してみた。

「あなたは人間ですか、とか」

「そうですね。まさにその質問は出ました」

咲良はこでまりに質問してみた。

「あなたは人間ですか？」

こでまりは「なーん」と答える。

「バカじゃないの」

亜希が吐き捨てるように言う。

「猫が『私は人間です』なんて言うはずないじゃない」

「うん、当たり。こでまりは『違う』って答えました」

いかにも無邪気な咲良を、亜希は怒ったように見据えた。咲良は変わらぬ笑顔で亜希に尋ねる。

「あなたは人間ですか？」

「いいえ」

一瞬の間も置かず亜希は答えた。まさか人間でないとは。咲良は唖然《あぜん》として言葉も出ない。こでまりは「ん」と咲良の勘違いを指摘したが、咲良は聞いていない。ぽかんと口を開けて亜希を見つめている。祐司はそんな咲良を見つめて、優しい笑みを浮かべた。

「加納さんが人間じゃないとは、驚きましたね」

冗談を面白がっているような祐司の口調に、亜希はイラついて眉間にしわを寄せた。

「見ればわかるでしょ、人間よ」

咲良がホッと息を吐く。

「良かった、嘘だったのね」

心から安堵《あんど》した咲良にこでまりが「ん」と言って注意を促す。見ると、亜希がイライラを募らせて今にも爆発しそうな目で咲良を睨んでいた。祐司もそれに気付いていたが、知らぬふりをして話し続ける。

「おもちゃで遊んでいたときにも嘘を吐いた子どもがいました。いたずら好きな子で『人間じゃない』と答えたんですが、嘘発見器は噛まなかったんです。人間じゃないと言った子は、宇宙人というあだ名になりました」

プッと澤が吹き出した。こでまりも目を細めて「にゃあ」と笑っている。

「なにがおかしいの。嘘発見器が反応しなかったなら、その子は宇宙人だったのよ」

亜希の声は地を這《は》うように低く、呪いでも込められているかと思うほどだったが、咲良は呪いを跳ね返す魔法を持っているのか、笑顔を崩さない。

「あのね、子どもたちはみんな、本当は嘘発見器はニセモノだって気付いてたんだよ」

幼い子どもを諭《さと》すように亜希に言う。だが、子どものように諭されてくれない亜希は強い視線を咲良に叩きつける。

「私なんかに騙された人が、なにを言っても説得力ない。私は知ってるんだから。嘘発見器を使う人は、おもちゃでだって嘘を炙《あぶ》り出すの」

「そうなんだ。亜希さんは嚙まれたことはある？」

咲良を睨んでいた亜希の視線が泳いだ。きつかった口調に籠もっていた昏《くら》い熱のようなものが一瞬で消えてしまった。咲良が心配して立ち上がろうとしたのを、こでまりが「ん」と言って止める。亜希は静かに頭《こうべ》を垂れて黙り込んだ。もしかして泣いているのではないだろうかと思うほど、力なく震える声で亜希は言う。

「何度も嚙まれたよ。嚙みつかれて、血を流して」

咲良は思わず亜希の両手を見てホッとする。

「でも、傷が残らなくて良かった。白くてきれいな手だね」

褒められたというのに、亜希は両手を背中に隠してしまう。こでまりが咲良の膝から降りようとしていることに気付くと、亜希は紙袋を握り締めて外へ飛び出した。

「傘、傘を忘れてるよ」

澤が立ち上がって呼びかけたが、亜希は振り返ることなく、どしゃぶりの雨のなかを駆けていってしまった。

しばらく亜希の背中を見つめていた澤は、とても寂しそうにしている。ちらりと視線を落とすと、こでまりも思いにふけっている。亜希のことが、みんなの心に雨を降らせる。

「亜希さん、風邪ひいちゃうんじゃないかな」

ふと呟いた咲良の言葉に祐司が頷く。

「この雨ですから心配ですね。お勤め先まで、急いでも十分近くかかる」

澤が座って事務椅子のキャスターをコロコロ転がしてテーブルに近付いてきた。

「もしかして、春夏冬屋さんは加納さんを知ってるんですか」

「何度か見かけたことはあります。よく制服のまま公園に来ていますよね。加納さんの制服は那珂《なか》中央銀行のものですよ。ここから一番近いのは駅前支店だと思います」

すらすらと答える祐司を、澤が尊敬の眼差しで見つめる。

「すごいね。春夏冬屋さんはこの街のパトロール隊員みたいだ」

「街中を行ったり来たりするのが仕事ですから」

屋台を引いていくコースはいくつかある。曜日によって違う道を歩いている祐司は、街のそこここに知り合いがいて、笑みを交わし合う。

「今日は春夏冬屋さんはお休みですよね？」

澤が膝を詰める。なんだか神妙な顔付きだ。祐司はすぐに言いたいことを察して答えた。

「雨の日は開店休業ですから。傘のことなら、請け合います」

「傘のこと？」

咲良が首をかしげると、こでまりが「ん」と言いながら膝から飛び降りて伸びをした。

「そっか。亜希さんに届けに行くのか」

澤は笑顔で「ありがとう」と言う。身内なのではないかと思うほどの気のかけようだ。

「澤さんは加納さんをよくご存じなんですか？」

先ほど祐司が尋ねられた質問を澤に返す。澤は寂しそうに、静かに首を横に振った。

「なにも知らないんですよ。ただ、ほとんど毎日、公園に来て、人けのないベンチでお弁当を食べているところだけは見ています。夏なんか炎天下の、お日さまがギラギラ当たるベンチを選んで座ってるんだ。日陰だと人がいるからでしょうね」

この公園は池を囲んでいるため夏でも涼しい風が吹く。木陰にいれば昼食をとる間くらいはへたばることもないだろう。休憩に来る人もちらほら見られる。だが、日差しの強いところでは、風が吹いても、さすがにとんでもない気温になる。澤が心配するのも頷ける。

「職場にいたくない理由があるのかもしれませんね」

祐司の言葉に澤は悲しそうな目を向けた。

「今日はおせっかいを焼いてしまったけれど、本当は私なんかが関わらない方がいいんでしょうかねえ」

ふと澤が視線を足元に落とした。こでまりが澤の足にすりすりと額を擦りつけている。

「こでまりさん、慰めてくれるんですか」

「なーお」

こでまりは澤の目を見つめる。痩せてしまって力なく歩くこでまりだが、視線はきりりと力強い。

「亜希さんには味方がたくさん必要なんですって。私たちもおせっかいしに行きますね」

咲良は立ち上がって、こでまりを抱き上げた。

那珂中央銀行に昼休みが終わったはずの亜希の姿はなかった。尋ねてみても職員の個人情報は教えられないと言われたが、祐司は待合のソファによく見知った顔を見つけた。銀行の近くで不動産会社を経営している桐島《きりしま》という名前の中年の男性だ。ためしに尋ねてもらうと、桐島の顔見知りの行員は、あっさりと話してくれた。

「加納さんって人は早退したんだって」

「そうなんですか。ありがとうございます、助かりました」

「いやいや、先生のお役にたててなによりですよ」

「先生はやめてくださいってば」

春夏冬屋の常連でもあるが、不動産会社の福利厚生の一環として、社員のキャリアカウンセリングも頼まれたことがある。桐島の紹介で副業の顧客がかなり増えた。

「桐島さんにはお世話になってばかりで。このご恩はいつか必ず」

祐司の古風で硬い口調を桐島は笑い飛ばして去っていった。

銀行を出た祐司は、こでまりと一緒に外で待っていた咲良に事情を話す。

「傘がなくて、どうしたのかな。借りられたかな」

「そうだといいですね」

咲良の肩に抱きつくようにして抱えられているこでまりが、ため息をついた。

「んな」

「そうかな、雨に濡れたまま帰るかな。誰かに傘を貸してって言わないかな」

祐司は深く頷く。こでまりの言葉に共感している。

「なんで祐司くんも、亜希さんが傘を借りないって思うの？」

「加納さんは、人と接するのが怖いんじゃないかと感じたんです」

咲良の傘を開いて差しかけてやってから、祐司はにこりと笑う。

「勘ですが」

咲良は生真面目に頷いて、自分も勘を磨くべく沈黙を守って歩きだした。


公園の管理事務所に戻ると澤は書類仕事をしていた。老眼鏡をかけた目を上げて、亜希の傘を祐司が持ったままなことを見ると、悲しそうに頭を下げた。

「いや、面倒なことを頼んですまなかったですね。加納さんには会えませんでしたか」

察しのいい澤に、祐司は亜希の傘を差し出す。

「早退されたそうです」

「体調を崩したんでしょうかねえ」

やはり悲しそうなまま傘を受け取った澤に、こでまりが「んな」と話しかけた。

「制服が濡れちゃったから、仕事を続けられなかったんだろうって言ってますよ」

「ああ、そうか。こでまりさんは鋭いねえ」

「名探偵なんですよ」

咲良がにこやかに言うと、澤の表情が明るいものに戻った。

「名探偵こでまりの冒険といって、こでまりさんのことを書きあげたら楽しそうですねえ」

咲良は腕の中のこでまりを見つめた。こでまりは知らん顔をして目をつぶっている。

「記録はしたくないんです」

やはり、こでまりは聞いていないふりをする。

「覚えていたいんです。なにもかも」

澤はなにも言えずに、痩せ細ってしまったこでまりを見つめた。祐司は咲良を慰めることはせず、ただ、こでまりの額をかりかりと掻いてやった。

翌日は梅雨の晴れ間という言葉があるが、もう夏がきたのではないかと思うほど暑い日だった。いつも通りに散歩していた咲良は、公園内の清掃を終えた澤に誘われて事務所で涼んでいくことにした。

「ちょっと早いですが、おやつの時間にしましょう」

そう言って、澤は緑茶と一緒に一口大のドーナツを出してくれた。小さな袋にひとつずつ入っているそのドーナツは、表面に軽く砂糖がまぶされていて、シャリシャリした歯ざわりだ。咲良が知っている駄菓子屋では小袋ひとつずつで販売されていたが、澤が出してくれたのは大きな袋で、わんさと入っている。

「こでまりさんには、これ」

そう言って事務机の引き出しから澤が出してきたのは、細長いアルミパウチに入った猫用おやつ。大抵の猫は飛びつくほどに好むというが、こでまりも例外ではなく大好物だ。

咲良の膝から飛び降りて、澤のもとに駆け寄り、きちんと足を揃えて座った。ウズウズとしっぽが動いている。目もキラリと光って、まるで病気が治ったかのように元気そうに見えた。咲良は感情が浮かばない目で、こでまりをじっと見つめる。いつも自分では見られない、こでまりの元気な後ろ姿を記憶に焼き付けるために。

事務所のドアをノックする、かすかな音がした。腕にしがみついたこでまりが猫用おやつを舐めとっているので、澤は動けない。

「咲良さん、お願いします」

言われて咲良がドアを開けると、亜希が立っていた。しょんぼりと肩を落としている。

「亜希さん、こんにちは！」

それはそれは嬉しそうに咲良が呼びかけると、亜希は居心地悪そうに俯いた。

「どうも」

挨拶はそれだけで、黙り込んでしまう。

「中に入って、入って。クーラーが効いてて、涼しいよ」

咲良が亜希の手を取ろうとすると、亜希は一歩下がって両手を背中に隠した。

「傘を取りに来ただけだから」

今日の亜希は制服姿ではない。手が隠れるほど袖《そで》が長いロングティーシャツと、ぶかぶかのジャージのズボン。それと汚れたスニーカーという姿だ。ティーシャツの襟は伸びてしまっていて、ジャージには毛玉がついている。おしゃれに関心がないのだろうと、咲良は親近感を覚えてその服装を見つめた。視線に気付いた亜希は、きつい目で咲良を睨む。

「なに見てるの」

「え？」

なぜ亜希が怒るのか、咲良には見当もつかない。頼りのこでまりはおやつに夢中だし、今日は祐司もいない。

「亜希さんのお洋服は大きめサイズで、着やすそうだなって思って」

気軽な調子で思ったことを口に出してみると、亜希の怒りはますます燃え盛った。

「悪かったわね、サイズが合った服も買えないほど貧乏で！」

吐き捨てるようにそう言うと、くるりと振り返って歩きだした。

「亜希さん、待って。そんなこと思ってたわけじゃないよ」

今にも駆けだしそうな勢いの亜希を追おうとする咲良を、澤が呼び止める。

「咲良さん、これを」

こでまりのおやつのパウチパックを渡して、澤は傘立ての傘を手に取って大きく振る。

「加納さん、傘を忘れてるよ」

大声で呼びかけると亜希はためらいを見せたが、早足で戻ってきた。奪おうとするかのように傘を握った。だが澤は手を離さず、にっこりと笑いかけて言う。

「間違えたよ。これは私の傘だ。加納さんのは、あっちだった」

奥にある窓のところに、ビニール傘が下げてある。亜希はそちらへ足を踏み出そうとして、すぐ近くにこでまりがいることに気付いた。猫に近付きたくない気持ちと、傘を取りに行きたい気持ちを天秤にかけても決められずに、その場に立ち尽くしてしまう。

「まあ、中に入って。こでまりさんが食べ終わるのを待ちましょう」

亜希はできるだけこでまりから距離を取ろうと、カニのような横歩きで事務所に入る。

こでまりは、いつまでもいつまでもパウチパックを舐め続ける。もう空になっているだろうに、諦めきれないらしい。いつもなら咲良が適当なところで切りあげるのだが、今は亜希の足止めのために、こでまりの好きにさせることにした。

澤はお茶とドーナツを亜希に差し出す。

「ちょっとした駄菓子だけど、懐かしくていいでしょう」

なぜか得意げに澤は言うが、亜希は聞きたくもないことだといったふうに顔を顰めた。

澤は亜希の顔を覗き込むように腰を曲げて尋ねる。

「嫌いだったかな」

「食べたことない」

ぼそっと言った亜希は、はっと目を大きく開いた。彼女にとっては失言だったらしい。

「なかなか美味しいんだよ。あまーくてね。あ、もしかして、ダイエット中だったら、よした方がいいかな」

亜希はかなり痩せている。どんどん食べさせないと折れてしまいそうだ。ダイエットという言葉に縁がないことを気にしてか、亜希はドーナツの小袋を摑み力いっぱい引き裂くようにして袋を開けて丸ごと口へ放り込んだ。ろくに嚙まず、お茶で流し込んでしまう。

「美味しかったでしょう」

「べつに」

澤が驚いた顔を作ってみせる。大げさな表情を見ないように、亜希はそっぽを向いた。

「それはもったいない。よく味わったら、なかなか趣深いよ。どうぞ、どうぞ」

大きな袋からいくつも取り出される小さなドーナツ。亜希は自分の前に積まれたドーナツの小袋を睨んでいたが、次第に顔を歪めて泣きそうになりながら唇を震わせた。

「……食べていいの？」

「もちろん。まだまだあるから、好きなだけどうぞ」

ひとつ取り上げて壊れものでも扱うように、丁寧にドーナツを取り出す。一口で頬張れるサイズなのに端の方を少しだけ齧る。何度も何度も咀嚼《そしゃく》して、大切そうに飲み込んだ。

「美味しいです」

「そうか、良かった。どんどんどうぞ」

澤は次から次からドーナツを事務机に出して小山を作る。亜希はおずおずと手を伸ばして、黙々と食べ続けた。

ふと亜希が顔を上げると、こでまりを抱いた咲良がよだれを垂らしそうな顔をしてドーナツの山を見つめていた。こでまりを怖がり亜希の顔が青くなる。逃げ出しそうだが、亜希はドーナツの山に視線をやって踏みとどまった。猫を怖がる気持ちを上回るほどドーナツに惹かれている。咲良はそんなことにはおかまいなしで亜希に話しかけた。

「私にもドーナツください」

こでまりが牙を見せて「うなー」と叱るが、咲良は引き下がらない。反対に亜希は、こでまりを恐れて椅子から腰を浮かせた。澤は二人の様子を見て、腹を抱えて笑いだした。

「咲良さん、ドーナツだったら、まだあるから。加納さん、こでまりさんは大人しいから怖くないですよ」

こでまりは亜希をじっと見つめる。明るい室内で、こでまりの瞳孔は縦に細くなっていて、迫力を感じさせた。

「私、猫に嫌われるから。絶対に引っ掻かれる」

亜希は震えながら言った。こでまりは「なーん」と否定する。

「こでまりは人を引っ掻いたりしないよ。とくに亜希さんのことは大好きだから」

「そんなわけあるはずない。猫は嘘吐きだ、嘘に決まってる」

そう言って逃げ腰だったが、亜希はふと不審そうに咲良を見た。

「私のことを好きって、どういうこと？　その猫は不幸な人間を見下すのが好きなの？」

「亜希さんは不幸なの？　お腹が空いてるんだったら私のぶんもドーナツを食べたらいいよ」

不幸の基準が空腹かどうかという生命の根源的な問題になって、亜希の口から出てきたのは、明らかに強がりだと分かる弱々しいセリフだった。

「私は不幸なんかじゃない」

「なーん」

「それは嘘だって言ってる」

咲良が言うと、亜希は今度こそ椅子から立ち上がった。

「帰る。傘を返して」

澤は窓枠から傘を取ってきて亜希に手渡す。外に出ようとした亜希が、ふと傘立ての傘に目を落とした。自分の持っている傘と傘立てのものを見比べる。大した違いがあるようには見えない。けれど亜希は手にした傘を傘立てに投げ捨てるように突き差した。

「バカにしてるの⁉」

ぐるりと勢いよく首を回して澤を怒鳴りつける。

「私の傘がぼろぼろだからって、新しい傘と交換してやるって？　親切のつもり？　傍迷《はためい》惑《わく》なのよ！」

言われてよく見てみれば、二本の傘は様子が違った。一本は使い古されてビニールの色が濁っている。もう一本は新品でビニールは澄んで透明だ。亜希は新品の傘を手放したが、古い傘を取ろうとはしない。触りたくもないと言わんばかりに、視線をそらしている。

「迷惑っていうのはね、加納さん。迷い惑うって書くでしょう」

澤は指で空中に漢字を書く動作をしてみせた。突然、なにを言いだすのかと亜希はいぶかしんで動きを止める。

「もともとは仏教の言葉なんだそうですよ。心の迷いという意味らしい。どうしていいかわからない状態です。そう思うとね、迷惑しているのは加納さんがどうしたらいいかわからないからなんじゃないかな。傘のことは、きっかけに過ぎない。本当はもっと迷い惑っているることがあるんじゃないかな」

亜希は思い当たるふしがあるのか、じっと澤の目を見つめた。しかし口を開く気配はない。澤は言うべきことは言いきったというような風情で表情を引き締めて頭を下げた。

「私は本当におせっかい焼きだ。失礼なことをしました。申し訳ない」

「べつに」

澤の謝罪を亜希は軽く受け流した。傘のことなど、些細なことと思っているように。

「もうしないでよね、こういうこと」

「なーん」

こでまりが長いしっぽを左右にパタパタと動かしながら鳴いた。今まで何度か聞いたのと同じ鳴き方。『嘘だ』と言っているのだと亜希にはわかった。なんとか気を張って猫を怖がっていないと見えるように顔色を変えることなく、聞こえないふりをしてみせた。

「加納さん、お土産に持っていかないかな。ドーナツ」

尋ねているような口ぶりだが、澤は返事も聞かず事務机の引き出しから紙袋を出して、大きな手でドーナツをわさっと摑んで入れていく。亜希の目はドーナツに釘付けだ。

「美味しいよね、そのドーナツ」

「不味《まず》かった」

反射的な言葉だったようで亜希は、はっとして澤を見た。澤は何も言わず、にこやかだ。

「なーん」

こでまりは嘘だと言う。亜希はドーナツを詰め続ける澤に向かって怒鳴る。

「不味かったって言ってるでしょ！　そんなものいらない！」

澤は怒鳴られたことなど気にも留めず、笑顔で紙袋を差し出す。

「加納さんの口に合わなかったなら、誰か甘いもの好きな人に差し上げたら。お友達とか同僚の方とか」

「私から、なにかもらって喜ぶ人なんかいない」

「なーん」

咲良にも澤にも、猫から嘘だと言われ続ける亜希の恐れが手に取るようにわかる。もちろん、こでまりもわかっているだろうに、亜希を追いつめるかのようにまた繰り返す。

「なーん」

「本当のことよ。みんなが私を嫌う、当たり前だけどね。私は嘘吐きで」

「なーん」

「不細工で」

「なーん」

「誰からも愛されたことなんか……」

「なーん」

亜希の肩がぶるぶる震えた。怖がっていたはずのこでまりを、真正面から強く睨む。

「あんたが私のなにを知ってるの！　にゃあにゃあにゃあにゃあ鳴くだけの猫のくせに！」

「んなあ」

「うるさい！」

「空き缶を拾ってたって言ったの」

咲良がこでまりを抱き上げながら、亜希にこでまりの言葉を伝えた。亜希は不審な物を見る目で咲良を見やる。

「ベンチの傍に転がってた空き缶、拾ってゴミ箱に捨てたんでしょう」

動揺して亜希は視線を泳がせた。

「そ、そんなの知らない」

知らないと言っているが、心当たりがあることは、おどおどした態度を見ればわかる。

「こでまりがね、亜希さんが何度もゴミを拾ってくれてるところを見てたの」

「私は偽善者だからね。人の目の前でだけ良い人のふりしてみせるだけ。騙されちゃって、バカみたい」

「なーん。んな」

「人なんか誰もいなかったって。亜希さんは誰にも見られないようにしてたたって」

またこでまりに違うと言われ、へたな嘘を吐いたことがばれて、亜希の目から涙があふれ出した。

「もうやめてよ」

ぼろぼろと大粒の涙が頬を、顎を伝って落ちていく。

「あんた、なんなのよ。人のことを嘘だ嘘だって、嘘発見器なの？　やめてよ、ほっといてよ、もう噛まれるのは嫌だ。良い人のふりして偽善者呼ばわりされるのは嫌なの」

「なーん」

「なにが嘘なの！」

両手で顔を覆って亜希はしゃがみ込んでしまった。

「ふりなんかじゃないもの。亜希さんは良い人だよ」

「違う」

「正直で」

「違う」

「かわいくて」

「違う」

「素直じゃない」

「違う」

亜希は「あっ」と言って動きを止めた。

「そっか。亜希さんは素直なんだね」

顔を上げた亜希さんの涙は止まっていた。咲良はせがまれて、こでまりを両手で抱えて亜希の前に差し出した。前足の腋《わき》の下を支えると、こでまりの体はぶらーんと伸びて驚くほど長くなる。猫のそんな姿を見たことがない亜希は、あっけに取られてこでまりを見つめた。

こでまりは鼻を突き出して亜希のにおいを嗅ぐ。

「んなあ」

「亜希さんから正直者のにおいがするって言ってるよ」

こでまりを下ろしても、亜希は逃げ出さなかった。静かにこでまりを見下ろしている。

「そんなの、嫌。正直なんて損するだけ」

ぽつりとこぼした言葉は、先ほどまでとはまるで違う。後悔と諦めと寂しさのにおいをこでまりは嗅ぎとった。

「んなお」

こでまりは咲良に亜希の気持ちを伝えた。咲良がそのことを口にする前に、亜希は自分自身に言い聞かせるかのように、素直な思いを語った。

「私は嘘吐きだし、臆病《おくびょう》だし、不細工だし、性格がひねくれてるし、それに、それに、それに……。誰からも嫌われる」

先ほども亜希が告げたこと。心の底からそう思っているのだ。そんな思いで生きている亜希の辛さを、咲良は悲しく受け止める。亜希は続ける。

「でも仕方ないじゃない。正直に生きてたって、搾取《さくしゅ》されるだけなんだから」

「んな」

亜希の視線がこでまりに移った。猫が嫌いなはずなのに恐れることなく、しっかりと、こでまりを見つめている。

「なんて言ったの？」

「亜希さんは優しいから、みんなにいっぱいプレゼントしてきたんだね」

目を細めた咲良と、同じような表情のこでまり。心からの笑顔とはこういうものか、見ただけで気持ちが軽くなる笑顔だ。毎日、散歩をして、出会った誰もに挨拶して、明るい気持ちをたくさん振りまいている笑顔だ。亜希の目に、また涙が浮かんだ。

「なんで、そんなこと言うのよお。誰かになにかあげたいなんて思ったことない。だって私、なにも持ってない」

亜希の手元に紙袋が差し出された。真っ白でなんの文字も絵柄もない新品の紙袋。

「これは加納さんのものだよ」

亜希が覗き込むと、紙袋には、ぱんぱんにドーナツが詰められている。その上にひとつアルミパックのパウチが載せられていた。

「これ、なに？」

恐々と指先でつまんで紙袋からパウチを取り出す。

「んな！」

こでまりが咲良の手を振りほどき、亜希の足にすりすりと額を擦りつけた。

「わ……！」

亜希は小さな悲鳴のような声をあげたが、逃げ出しはしなかった。よけることも、こでまりを突き放すこともしない。ただ身を硬くして、こでまりを見つめている。

「それ、こでまりの大好物なの。食べさせてあげて」

何度か咲良とこでまりを見比べて、亜希はぎゅっと唇を嚙んだ。パウチの切れ込みに指をかけると、こでまりが早く早くと亜希の腕に頭突きする。

「ちょっと、やめて。開けられないから」

なんと言われても、こでまりはすりすりをやめない。パウチが開いたときには、亜希の服は毛だらけになっていた。

「んにゃー」

子猫のような甘え声で鳴くこでまりに、亜希はパウチを差し出す。こでまりは立ち上がると亜希の手を両前足で挟んでパウチに口を付けた。まるで哺乳瓶を摑む乳児のようだ。

夢中になって好物に集中しているこでまりを亜希はじっと見つめる。初めはこわばっていた表情がだんだんと緩んでいく。涙は止まり瞳が優しい光を宿し始めた。

「美味しい?」

小声で亜希が尋ねても、こでまりは夢中で返事もしない。亜希は目を細め笑った。

結局、あまりにも舐め続けるので、咲良が抱き上げて強制終了させはしたが、こでまりが満足するまで亜希はパウチを支え続けた。

「ずいぶんと食い意地が張ってるのね、その猫」

亜希はまた不機嫌な表情に戻っていた。けれど、纏《まと》う雰囲気はまったく変わった。咲良を友人のように、親しく思っているように感じられるのだ。咲良は楽しそうにする。

「このおやつだけは特別なんだ」

「猫にも好き嫌いがあるの?」

憮然《ぶぜん》として、こでまりは半眼で「なー」と言う。

「こでまりは薬もがんばって飲んでくれるし好き嫌いとは違うかな。いつもは、ごはんをあんまり食べられないっていうことなの」

痩せて膨らみがない背中、丸みがない顔、猫らしい柔らかさを失っていくこでまり。亜希は猫をよく知らない。けれど、こでまりの痩せ方が異常だということには気付いた。

「もしかして、病気?」

小声で窺うように尋ねた亜希に、咲良は優しい笑みを見せる。

「そうなの。だから好きなものはできるだけ食べさせてあげたいし、行きたいところには行かせてあげたい。会いたい人には会わせてあげたいの。今日は亜希さんと会えて良かったね、こでまり」

「ん」

満足そうに喉を鳴らすこでまりの鼻先に、亜希はそっと指を近付けた。こでまりはにおいを嗅いで、靴下の前足で亜希の指をちょんと触った。

「ふふ、柔らかい」

ことん、と小さな音がした。澤が湯気の立つ茶碗をテーブルに置いたのだ。

「お茶にしないかな?」

咲良はスキップしそうなほど足取り軽くテーブルに近付く。

「加納さんも、時間があったら一服していかないかね」

口を開けて息を吸った亜希は、怒鳴るのかと思うほど厳しく眉根を寄せていたが、出てきた声は小さく、か細い。

「……いいの?」

「もちろん。今日は焼き芋はないけれどね」

テーブルに向けた足をピタリと止めて、亜希は事務机に置かれた白い紙袋を手に取る。

「あの、これ、私が貰っていいんですか？」

「もちろん」

澤は亜希が受け取ったことがどれほど嬉しいか、笑顔で示してみせる。亜希は目をそらして俯いてしまった。しばらく亜希は動かなかった。澤はどれだけでも亜希の無言に付き合うつもりだと微笑を浮かべる。亜希はちらりと目を上げた。

「私のものなら、私の好きにしていいですよね」

「もちろんだよ」

テーブルに近付いて紙袋を置き、亜希は勢いよく両手を突っ込んだ。ごっそりと持てるだけ山盛りのドーナツを、テーブルの真ん中に置く。

「食べてください、私のドーナツ」

咲良の目が輝く。

「いいの？」

「もちろん。私のものをあなたにあげたいと思ったんです」

「ありがとう！」

感激した咲良が、満面の笑みを浮かべて亜希の両手を握る。亜希は気恥ずかしそうに、けれど、とても美しく微笑んだ。

八月の初恋

セミは、ジーワジーワと鳴くと主張する咲良《さくら》と、みょーみょー言うのだというこでまりの言い合いの調停役に駆り出された祐司《ゆうじ》は、二人の興味をそらすために屋台に向かった。

冬は焼き窯を搭載している春夏冬屋《あきないや》の屋台だが、夏仕様の今は冷蔵庫が設置されている。横長で上面にスライド式の扉が付いているタイプのもの。ガラリと音をたてて開けても冷気が逃げにくい。冷蔵庫で冷え冷えになっている小粒のわらび餅を網杓子《あみしゃくし》で掬う。大きなバットの中、砂漠のように広がるきな粉に入れて、よくまぶす。まんべんなくきな粉が付いたらモナカ皮に載せる。もう一枚のモナカで蓋をして、そのまま齧るのが春夏冬屋流のわらび餅だ。

「咲良さん、どうぞ」

差し出されたわらび餅を受け取ると、咲良の機嫌は一瞬で直った。

「こでまりも、どうぞ」

モナカを砕いた小さな破片をこでまりの鼻先に寄せると、こでまりも嬉しそうに祐司がつまんでいるモナカのにおいを嗅ぐ。

「いただきます」

「なーお」

揃ってモナカを齧る咲良とこでまりを、祐司は幸せそうに見つめる。

「祐司くんは、セミの声はどんな音だと思う?」

大好きな甘味を与えても、セミの声から気をそらすことはできなかった。それもそうかと祐司は苦笑する。公園はセミの声で満たされているのだから。熱いシャワーであるかのように、祐司は朝からセミの声を浴び続けている。

「アブラゼミなら、ミーンミーン、ヒグラシなら、ツクツクボーシと聞こえますよ」

「んな」

はたと口を動かすのを止めた咲良とこでまりは、目を合わせた。

「そうだね。私たち、違うセミの鳴き声のまねをしてたのかもしれないね」

「ん」

「え? どこに?」

「ん」

どうやらこでまりが咲良の口元にきな粉が付いていると指摘したらしい。咲良は舌を出してぺろりと舐めとる。それで仲直りは終わり。咲良はわらび餅を、こでまりはモナカをパリパリと仲良く食べ終えた。

熱暑の日が続いている。公園に人はあまりいない。とくに今は昼も近い時間帯、気温はぐんぐん上昇している。

「咲良さん、涼しいところに移動した方がいいですよ」

いくら風が吹いているとはいえ熱中症の危険がある。日焼け防止のために薄いカーディガンを羽織っている咲良は、ティーシャツ姿の祐司よりも暑いのではないかと思われる。だが咲良は飄々《ひょうひょう》としたもので、体温が高いこでまりを抱いても涼しい顔をしている。

「汗をかいたら涼しくなる下着を着ているから、大丈夫だよ」

そんな便利なものがあるのか、どんな機能なのかと気にはなったが、女性の下着の話を追及できるほど祐司は無神経ではない。そっと目をそらした。

「水分補給もした方がいいですし」

「さっき、澤さんにお茶を飲ませてもらったばっかり。それより、祐司くんこそ休憩したらいいよ。顔が赤くなってる」

赤くなっているのは主に、咲良の下着の話のせいなのだが、それもはっきりとは言えない。空咳をひとつして気持ちを切り替えた。

「今日は公園にはお客さんが来そうもないですし、早じまいにして移動しようかと思っています」

「せっかく夏休みなのに公園に子どもがいないね。いたら絶対、喜んで買ってくれるのに」

きょろきょろと見回してみても、子どもは一人もいない。数人はいた散歩者も姿が見えなくなっていた。

「最近は子どもの買い食いは難しいようですよ。学校で禁止されているとか」

「そんな、かわいそう。学校帰りの買い食いほど楽しいことはないのに」

自分が禁止された当事者かのような悲しみぶりを見せる咲良に祐司も同意する。

「祖父の時代には子どもが行列したと自慢げに言われるんですが、そんなことはもうないのかもしれません」

「時代はどんどん変わっていっちゃうんだね」

こでまりが咲良の腕をぽんと叩く。

「んんんな」

「どうなんだろうね。今の子どもたちは、おやつ自体を食べてないのかな。お腹空いちゃうよね」

本気で心配している咲良を、祐司は優しい眼差しで見つめる。

「大丈夫、きっともっと美味しいおやつを食べていますよ」

そう言ってもらっても、咲良の悲しげな瞳は晴れない。食に関してひたむきすぎるきらいもあると、祐司はおかしくなったが、笑うのはこらえた。

もうひとつわらび餅が必要かと冷蔵庫に手を掛けようとしたとき、こでまりがあくびしながら鳴いた。

「んなー」

「そうだね、私たちも行こうか」

せっかく咲良と会えたのに、今日はすぐに解散かと、ため息をつきそうになるのを祐司はぐっと抑えた。

「じゃあ、俺はこれで」

「え？　祐司くん、一人でどこに行くの？」

小首をかしげる咲良のかわいらしさに見惚れそうになりながら、祐司は聞き返す。

「咲良さん、帰るんじゃないんですか？」

「祐司くんと一緒に行くよ」

思わずはじける笑顔になった祐司に、こでまりが、ひげをぴこぴこ動かしながら「ん」と言ってみせた。

「どうしたの、こでまり。咳が出た？」

こでまりはどうやら空咳をしてみせたらしい。祐司は無言のこでまりに注意された通りに表情を引き締める。

「どこに行っても暑いですから、咲良さんはこでまりと家に帰って涼んでください」

「平気だってば。下着が……」

「焼き芋屋さん、待ってー！」

待ったをかけたのは誰だと振り向くと、中学生くらいだろうか、背の高い少年が公園前の歩道を全力疾走していた。なかなか良い走りを見せて、すぐに春夏冬屋まで辿り着く。

「ひとつ、ください」

息も整わないうちに、指を一本立てて注文した少年に、祐司は申し訳なさそうに言う。

「ごめん、焼き芋は寒い時期しかやってないんだ」

少年は大きな目で右斜め上を見上げた。少し考えてから視線を戻す。

「俺、焼き芋って言いました？」

「たしか、そう言ったね」

少年の顔が、火を噴いたように一瞬で真っ赤になった。

「いや、大丈夫です。欲しいのはわらび餅なんで。お兄さん、わらび餅売ってますよね？」

頷いた祐司の頬が自然と緩む。咲良とこでまりも、一目で少年を好きになってしまった。愛嬌があって、素直で、優しい。その性格が手に取るようにわかるほど、少年の目は澄んでいる。

「良かった。ひとつください」

「すぐ食べる？　それとも持って帰るかな」

「持ち帰りだと、なにか違うんですか？」

屋台の柱にぶら下げてある小さくて透明なビニール袋を指さして、祐司が説明する。

「うちのわらび餅は、モナカの皮で挟んで食べてもらうんだよ。挟んでから時間が経つと、モナカが湿気ってしまう。だから、持ち帰りのときはビニール袋にわらび餅ときな粉を別に入れて、帰ってから混ぜてもらうことにしている」

「じゃあ、袋に入れてください。お見舞いに持っていくんで」

「んなあ」

こでまりが咲良の腕の上に前足を置いて少年を手招く。少年はぷっと吹き出した。

「招き猫がいる」

「ん」

靴下の前足で、おいでおいでと招き続けるこでまりに、少年は素直に近付いた。

「お姉さん、猫、触ってもいいですか？」

「ん」

こでまりは自分で返事をして少年に頭を突き出してみせる。

「いいよって言ってる。額をかりかりして欲しいって」

少年は言われた通りにこでまりの額を掻いてやる。こでまりは満足そうにしながら、話しかける。

「んんん、にゃあ」

「お見舞いって、どこまで行くの？誰のお見舞い？って言ってる」

首をかしげた少年は、こでまりと咲良とを交互に見やった。

「もしかして、お姉さんは猫語がわかるんですか？」

「そうだよ。こでまりの言葉だけど」

本気にしているのかどうかは判断しづらいが、少年はこでまりに向かって答えた。

「おばあちゃんのお見舞いなんだ。駅の近くの中央病院まで行くんだけど、知ってる？中央病院」

「ん」

「知らないって。こでまりはあんまり駅の方には行かないから」

きな粉をビニール袋に詰めていた祐司が、手を止めて少年に言う。

「良かったら、中央病院まで一緒に行こうか。ちょうど場所を替えようと思っていたんだ」

「いいんですか？」

「できたてを、冷たいまま食べて欲しいから」

そう言って祐司は嬉しそうに、にっこりと笑った。

咲良も持ち帰って、自分でモナカの皮に挟んで食べたことがあるが、やはり祐司が作ってくれたものの方が美味しかった。材料が同じでも、混ぜ方も挟み方も祐司とは違う。どこかにコツがあるのだろう。それを体得するには時間がかかりそうだし、なにより持ち帰ってばかりだと、祐司と話せる時間が減る。そう思っているのを誰にも言ったことはないのだが、こでまりはしっかりと感じ取っていた。

移動中、祐司はいつものベルを鳴らさない。歩道を歩く咲良と少年の速度に合わせて、自転車をのんびりと走らせる。車道を行く祐司とも話せるようにと、咲良は車道ギリギリまで近付いて歩いていた。

「猫、すごく細いですね。そういう種類なんですか？」

「なーん」

「病気で痩せちゃったの。ごはんがあんまり食べられなくて」

少年の顔に翳《かげ》が差した。

「すごく悪いんですか？」

咲良はなにも答えなかった。

「ん」

こでまりは事もなげに自分で答えた。

「うちのおばあちゃんも、すごく痩せちゃって。ほとんどごはんを食べてくれないってお母さんが言ってるんです。だから」

顔を上げて祐司を見る少年の目は、期待に満ちている。

「おばあちゃんに聞いてみたんです。なにか食べたいものはある？って。そしたら、春夏冬屋さんのわらび餅なら、食べられるかもって」

視線に気付いた祐司が少年に微笑みかける。

「それで、わざわざ来てくれたんだね。ありがとう」

少年はくすぐったそうに笑った。


中央病院には広い駐車場がある。祐司は屋台を駐車していいか交渉するため病院に入っていった。難航するかと思われたが、すぐに警備員と一緒に戻ってきた。

「事務長さんが常連のお客さんでした。許可してくれましたよ」

咲良に報告している間に、警備員が遮断機のような駐車場のゲートを開けてくれて、「あとで買いに来るよ」と笑顔で戻っていく。

「新しい常連さんができたね」

咲良が言うと、祐司は笑顔で頷く。

「二人はお付き合いしてるんですか？」

少年にずばりと聞かれて、祐司はぴたりと動きを止めた。咲良はどう答えるのかと様子を窺う。祐司は祐司で咲良の言葉を待っている。

「なーん」

こでまりがなんと言ったか少年にはわからなかったが、とりあえず大人二人が返事をくれないことは理解できた。

「なんか、すみません」

微妙に居心地が悪くなった空気を換気するため、こでまりが声をあげた。

「んにゃあ」

「そうだね、こでまり。わらび餅だったね」

「ああ、そうだった。ひとつで良かったかな？」

祐司の確認の言葉を聞いて、少年は少し迷った。少年の購買意欲をかきたてるため、咲良が後押しする。

「すっごく美味しいよ」

「んんんん」

こでまりが少年をそそのかすなと注意したが、咲良は素知らぬ顔だ。

「やっぱり、二つください」

「はい、ちょっと待ってね」

祐司は手早く二つのモナカの皮にわらび餅を詰め込むと、爪楊枝を一本、モナカに刺してから少年に手渡した。

「きな粉でむせたら危ないから、モナカを開けて爪楊枝で少しずつ食べて欲しいと、おばあさんに伝えてくれるかな」

「わかりました。ありがとうございます」

代金を支払って、少年は急いで病院に入っていく。できるだけ冷たい状態で祖母に届けたいのだろう、食欲をかきたてるために。気持ちがわかる咲良はそっとため息をついた。

「こでまり、モナカもっと食べる？」

「なーん」

食べたいものはなんでも食べさせてやりたい。見たいものはなんでも見せてやりたい。そう思っていろいろと動き回るうちにも、季節が変わる。別れは確実にやってくる。軽く小さくなってしまったこでまりに、咲良は頬ずりした。

「いつまでも一緒にいてね、こでまり」

こでまりからの返事はない。


病院の歩道にミストシャワーが設置してあることに気付き、咲良はミストを浴びに行った。頭上にあるアーチ状の水道管から、冷たい水が霧になって噴き出してくる。何本もあるアーチを何度も行ったり来たりしているうちに、水が嫌いなこでまりが、とうとう牙を剝き出した。

「シャーッ！」

「わかったわよう。もうおしまいにするってば」

そう言いながらも、咲良はアーチの下をわざわざ通って祐司のもとへ戻ってきた。

「はい、交代。祐司くんの番」

少女のようにはしゃぐ咲良を見つめていた祐司は、それだけで暑さも吹き飛ぶほど満たされていた。

「俺は大丈夫です」

「いいから、行っておいで。楽しいよ」

「店がありますから」

「お客さんが来たら、おーいって呼んであげる」

ぐいぐいと背中を押されて、祐司は仕方なくミストを浴びに行く。いくらもしないうちに「おーい」と咲良の声が聞こえた。振り返ってみると、先ほど世話になった事務長が屋台の傍で祐司を待っている。

「すみません、お待たせしました」

駆け戻った祐司に、中年男性の事務長はにこやかに応えた。

「ぜんぜんだよ。それより、ミストシャワー、いいでしょう。私の考案なんだ。患者さんにも好評でね」

傍で聞いていた咲良が元気に言う。

「楽しかったです！」

「そうでしょう。病気やケガじゃなくても、ぜひ遊びに来てください」

自慢げに胸を張る事務長は、これから会合に行くのだと持ち帰り用のわらび餅を十二個も抱えていった。なんの会合かはわからないが、真面目な話をしながら口の周りにきな粉を付けるのかと思うと、咲良も祐司もおかしくなってくすくす笑いだした。

「にゃあ」

こでまりも楽しそうで、機嫌は直ったようだと咲良も一安心だ。

駐車場の隅に取りつけられているスピーカーから、リンゴンと正午のベルが鳴る。病院一階に入っているコンビニに次々と客が吸い寄せられていく。制服姿の看護師や事務服の女性、白衣だけを脱いだ医師たちが何人も。大きな病院だけに、職員の数も圧倒的らしい。

コンビニから出てきた数人が、春夏冬屋に気付いて寄ってきた。

「懐かしい。小学生の頃はよく買ってたんだ」

年若い看護師の男性が、ひとつ買ってくれた。

「市民プールの前によく停まってたでしょう。その頃は、おじさんだったけど。プール帰りに食べるのが楽しみで」

思い出語りをしているうちに、彼の同僚が何人もやってきて、わいわいと盛り上がっている。わらび餅は次々売れていく。ふと見ると、三人いる列の最後尾に、先ほどの少年がやってきて並んだ。

少し離れた日陰で祐司の働きぶりを見ていた咲良は、少年に近付いていく。

「わらび餅の追加?」

少年はほがらかな笑顔で咲良とこでまりに目顔で挨拶してくれた。

「それもなんですけど、おばあちゃんから伝言があって」

話し続けようとする少年の言葉を咲良が遮る。

「あ、ほら。順番だよ」

少年が顔を向けると、祐司は深々とお辞儀した。

「きみのおかげで大繁盛です。ありがとう」

「いえ、そんな」

少年は慌てて一歩下がってしまった。遠慮させたことが申し訳なく、祐司は屋台の店主らしい口調に戻る。

「また買ってくれるのかな」

「はい。お土産にしたいんですけど、その前に」

くるりと病院の建物を振り向いて、少年は上の方を指さした。

「あそこ、五階におばあちゃんがいるんです。あ、ほら、手を振ってる」

見上げると、痩せた初老の女性が、窓越しに手を振っていた。祐司と目が合うと、両手を高く大きく挙げて、元気よく振ってみせる。祐司も両手を挙げてぶんぶん振り返す。しばらく手を振り合っているうちにも客が集まってきた。

「んな」

こでまりが促して、祐司はやっと手を下ろした。

「おばあちゃんから伝言です。ここまで来てくれて、ありがとうございましたって」

「こちらこそ。また来るから、よろしくお願いしますと伝えてくれるかな」

少年は頷くと、持ち帰りぶんはまた買いに来ると約束して、伝言を持って祖母のもとへ戻っていった。


春夏冬屋の新しい得意先になった中央病院を、こでまりはいたく気に入った。いろいろな人を眺めることができるのが嬉しいと咲良に語る。

「こでまりは、本当に人が好きだね」

「ん」

木陰のベンチに座る咲良の膝の上で香箱座りして、通り過ぎる人を飽かず観察する。みんながこでまりを見ていく。ある人はにこやかに、ある人は不思議そうに。こでまりを撫でていってくれる人もいる。こでまりは、みんなを覚えている。

みんなはいつか忘れてしまっても、ここで出会った瞬間のこでまりと縁が結ばれている。細い細い絹糸のような縁かもしれない。それでもこでまりは、その糸を編んで長く長く伸ばしていく。どこまでも遠く高くに登っていくための大切なザイルだ。はるか彼方へ行くための文字通りの命綱。咲良はこでまりのザイルが編みあがっていくのを毎日黙って見つめている。

人波が切れたときを見計らって、祐司がミストシャワーのアーチをくぐって咲良のもとへやってきた。

「暑くないですか、咲良さん、こでまりも。水分補給はしていますか？」

「大丈夫だよ。それに、ここは涼しいし。ミストシャワーが近いおかげだろうね」

見上げると、青々とした葉がしげる大きな楠《くすのき》が日差しを遮ってくれている。なぜだろうか、木陰は建物の陰よりずっと涼しい。咲良がそう考えていると、こでまりがひょいと膝から降りて歩きだした。

細い体でよろよろとした足取り。すぐに倒れてしまいそうと心配になるほど頼りない。咲良は追っていって抱き上げたい衝動に駆られた。けれど今は、これからの時間は。こでまりがしたいように、行きたいところへ自由に動いて欲しい。そっと立ち上がって黙ってついて歩いた。

「お姉さん、こんにちは」

こでまりが歩いた先、駐車場の隅に先日の少年がいた。まだ夏休みだというのに、制服を着ている。

「焼き芋屋さんも一緒なんですね、良かった」

咲良が振り返ると祐司もついてきていた。

「こんにちは。今日は持ち帰り？」

祐司が尋ねると少年は静かに答えた。

「いえ、今日は両親も一緒で、持ち帰りじゃないのを食べに来ました」

近くに駐車したばかりの車から、少年の両親が降りてきた。三十代くらいの上品な夫婦。二人とも喪服姿だった。無言で祐司に向かって頭を下げる。祐司も黙礼を返した。

みんなで屋台に向かっていると、こでまりが少年の前に立ちふさがって、少年の膝に、自慢の靴下の前足を掛けて体を伸ばした。

「良かったら、抱っこしてあげて」

「いいんですか？」

少年が尋ねて、咲良が返事をする前に、こでまりは爪を立てて少年の脚をよじ登ろうとし始めた。慌てて少年がこでまりを抱き上げる。

「ん」

短くそれだけ言って黙ってしまったこでまりは、ゆっくりと目を瞬いた。咲良はなにも言わなかったけれど、少年はこでまりを胸に抱きしめた。

「あったかいね」

「ん」

真夏の暑さでも温められなかった少年の心を、こでまりがしっかりと解いたようだった。

楠の木陰のベンチに並んで、少年一家と咲良はわらび餅を齧っていた。昼休みの鐘とともに客が次々やってくる。祐司は屋台に張り付きだった。

「お礼に伺ったんですが、お忙しい時間だったんですね。ご迷惑になってしまいましたね」

少年の母親が春夏冬屋を遠目に見て呟いた。

「ぜんぜん、迷惑じゃないと思いますよ。祐司くんこそ、お待たせして申し訳ないって言いながら戻ってきますから」

父親が「あれ」と言って少し身を乗り出して咲良と視線を合わせる。

「あの方は祐司さんとおっしゃるんですか？　母は焼き芋屋さんの名前を『たっちゃん』と言っていたんですが」

隣に座っている少年が、父親の腕をつつく。

「お父さん、おばあちゃんの初恋の人が、あんなに若いわけないじゃない。きっと、お兄さんのおじいさんとかだよ」

少年が服に落とした食べこぼしのモナカを拾い食いしているこでまりが顔を上げた。

「んな」

「祐司くんのおじいさんは達彦《たつひこ》さんって名前だそうです。祐司くんの前に春夏冬屋さんの屋台を引いてたんですよ」

そう言いながら、咲良は首をかしげた。

「なんで、こでまりはおじいちゃんの名前を知ってるの？」

「んなあ」

「え、いつ？」

「んな」

「そうだったっけ。忘れてた」

「んん！」

「ごめんって。今度、おじいちゃんに謝るから」

話し込む咲良とこでまりを、少年の両親は不思議そうに見つめている。

母親に尋ねられて、今度はこでまりも咲良と揃って首をかしげた。咲良たちには、なんのことだか意味がわからない質問だったが、父親にはわかるようで解説してくれた。

「腹話術ですか？」

「すみません、妻は少し頓珍漢《とんちんかん》なところがありまして。おそらく、猫と話しているのは特技ですかと聞きたいんだと思います」

「そうそう。そうなんです」

意味が通じて母親は嬉しそうだ。初めて笑顔が浮かんだ。

「はい、特技です。こでまりは人間の言葉がわかるんですよ」

おしゃべりするだけで笑顔になってもらえるならと、こでまりと咲良はいろいろなことを話して聞かせた。春夏冬屋がいつも通るルートのこと。那珂親水公園《なかしんすいこうえん》の季節の移ろいのこと。こでまりとともに育ってきた幼少時代のこと。そして、少年のおかげで中央病院に出入りできるようになったこと。

「俺のおかげっていうより、おばあちゃんのおかげと言ってもらえたら嬉しいです」

少年はどこか大人びた表情を浮かべて言った。

「それで、焼き芋屋さんのおかげで、おばあちゃんは幸せそうに亡くなりました」

「すみません、お待たせして」

屋台から離れてやってきた祐司が静かに声をかけると、一家は揃って立ち上がった。父親があらたまってお辞儀する。

「本当にお世話になりました」

「いえ、こちらこそ。おばあさんのおかげで得意先が増えて。心からお礼を申し上げます」

祐司は深く頭を下げた。

「おばあちゃんから伝言があるんですけど、聞いてもらえますか?」

そう言いながら、少年はこでまりを咲良に引き渡した。礼儀正しく直立して祐司を見つめる。

「もちろん、伺います」

「たっちゃんに初めて会ったときから大好きでした。春夏冬屋さんのわらび餅の味は、忘れていた恋心を思い出させてくれました」

少年は声を詰まらせて俯いてしまった。続きの言葉を紡ぐために開いた口から嗚咽《おえつ》が漏れている。こでまりは少年の足元に座って、俯いている少年の顔を見上げた。

「もっと……、長く生きて、冬になったら焼き芋を食べたかった。わらび餅も何度も食べたかった」

涙がぽつりぽつりと地面に落ちる。声は震えているけれど、少年が預かって抱えてきた祖母からの思いは、強く心に伝わる。

「生きていて、こんなに嬉しかったことはないです。こんな思いを最期《さいご》に感じることができて、私の人生は幸せでした」

しっかりと伝えきって、少年は制服の袖で涙を拭った。こでまりと視線が合うと、赤い目のまま、子どもっぽい照れ笑いを浮かべてみせた。

少年と両親を見送ってから、祐司は屋台を移動させるため警備員を呼びに行った。ゲートを開けてもらっていると、ふと警備員が祐司に尋ねた。

「お兄さんは、もしかして、たっちゃんっていう名前？」

驚いた祐司と咲良は目を合わせて、それから警備員に向き直った。

「いいえ、私は祐司といいます。でも、どうして?」

「五階に入院してた絶対安静のおばあちゃんが、こっそり病室を抜け出して大騒ぎになったんだよ。俺が見つけたときには、点滴の針を自分で抜いちゃって腕が血だらけで。たっちゃんに会いに行くんだって言ってたんだ」

少年の祖母のことだろう。絶対安静を押してまで会いに行きたいほど、たっちゃんのことが好きだったのだ。

「あとで聞いた話じゃ、せめてもう一度、焼き芋が食べたいって言ってたそうだけど。お兄さんの屋台は冬になったら焼き芋もやってるっていうから、もしかしてと思って」

ここでまりが咲良の喉に、すりすりと身を寄せる。咲良の目には、うっすらと涙が浮かんでいた。

「私の祖父が、たっちゃんだと思います。その方はいつ亡くなったんでしょうか」

遠慮して少年たちには聞けなかったことを質問すると、警備員は小さなため息をついた。

「病室を抜け出した次の日だよ。無理したからかもしれないなあ」

開いたゲートをくぐるとき、祐司の目は自然と病院の建物に向けられた。五階の窓に人影はない。けれど祐司は両手を挙げて大きく振った。

「たーっちゃん」

そう呼びかけながら咲良が扉の陰からひょっこりと顔を出してみせると、祐司の祖父、達彦は目を丸くした。

「咲良ちゃん、なんで俺のあだ名を知ってるんだ？」

脳梗塞で倒れた影響で半身に麻痺《まひ》が残っている達彦の発音は、少々聞き取りづらい。それでもはっきりしゃべろうと、入居しているリハビリ施設での機能訓練に全力で取り組んでいるおかげで、かなり回復してきていた。

「すみれちゃんを覚えてる？」

ベッド脇の丸椅子に腰かけながら尋ねると、達彦は首をかしげた。

「すみれちゃん？　いや、わからん。どこのすみれちゃん？」

「春夏冬屋の常連だったすみれちゃん。おじいちゃんのこと、たっちゃんって呼んでた人だよ」

達彦は動く方の手で自分の額をぽんと叩いた。

「ああ、あの子か。そうそう、すみれちゃんって名前だったよ。小学生の頃から、高校生になるまで通ってくれてた」

思い出深い存在だったのか、達彦は目を細める。

「何年くらい前の話なの？」

「もう四十年前くらいになるかな。そうだ、最後に来てくれたとき、お嫁に行くって言ってたな」

咲良は微笑む。

「あのね、すみれちゃんのお孫さんが、春夏冬屋に来てくれたんだよ」

「へえ、すみれちゃんも孫がいるような年齢か。まあ、そうだよな。四十年も経ったんだからなあ。元気にしてたか？」

咲良は黙って微笑み続ける。達彦はすべて察したようで、やはり微笑みを浮かべた。片頬は微笑んでいるが、もう片方は動かない。まるで半分笑って、半分泣いているように見える。

「たっちゃんの焼き芋が食べたいって言ってたんだって」

「そうか」

そっと瞼を落とした達彦は、ベッドのかたわらの車椅子に目をやった。

「早く車椅子とおさらばしなきゃいけないな。自分で歩いて会いに行かなきゃな。すみれちゃんにかっこ悪いところは見せられないよ」

「おじいちゃん、知ってたの？」

「なにを？」

顔を向けた達彦は、やはりどこか祐司に似ている。優しくて紳士で思慮深い。きっと、すみれがたっちゃんを大好きだったことも、察していただろう。

「うん、なんでもない」

咲良が立ち上がろうとすると、達彦は「これは、みんなには内緒の話だが」と言って咲良を引き留めた。

「成長するすみれちゃんを見ているのは、本当に楽しかった。できれば、こんな女の子をお嫁にもらいたいと思っていたくらいだよ」

「お待たせ、祐司くん」

達彦が入居している施設の玄関先で、こでまりを抱いて待っていた祐司のもとに駆け寄る。祐司は優しい笑顔で咲良を迎えた。

「お帰りなさい。祖父はどうでした？」

「すみれちゃんのこと、ちゃんと覚えてたよ」

リハビリ施設に連れて入れないために預けていたこでまりを、祐司から受け取る。祐司は地面に置いていたボストンバッグを持ち上げる。達彦宛てに届けに来た入居荷物だ。

「良かった。これで安心して、すみれさんのお墓参りに祖父を連れていけますね。近いうちに訪ねてみましょうか」

「ううん、まだ早いよ。おじいちゃんは歩いてすみれちゃんに会いに行くんだって」

咲良はこでまりに聞いてみた。

「お墓参りに焼き芋を持っていくのって、どう思う?」

「ん」

「そうだよね! じゃあ、おじいちゃんには冬までに歩けるようになってもらおう!」

もらおうと言っても、人の体のことをどうにかできるものでもない。けれど、祐司も同じように思う。

「そのときには屋台を一旦、祖父に返して、焼き芋は祖父に焼いてもらいましょう」

「そのまま返してくれないかもしれないよ」

咲良がいたずらっぽく言うと、こでまりも目を細めて「ん」と同意する。

「それなら屋台を新調しようかな。春夏冬屋二号店。祖父とルートがかぶらないように、新規開拓していきますよ」

「んんな!」

建設的な意見に、こでまりは大賛成だ。屋台についていけば新しい場所に行ける。新しい人に会える。もっともっと、いろいろなものを見たい。もっともっと、いろいろな人に出会いたい。できることなら、ずっと長く。

「なーお」

「そうだね、こでまり。ずっと祐司くんと一緒に歩こうね」

嬉しい提案をしてくれたこでまりの喉を、感謝の思いで掻いてやる。ごろごろと平和な音がこでまりの喉から出てくる。咲良が幼い頃からずっと聞き続けてきた優しい音、聞けば悲しいことも消え去る音。

「ずっと一緒に歩こうね」

咲良はこでまりに頬ずりした。

十月の妖精

鮮やかな色を纏っていた木々が、少しずつ秋の衣を脱ぎ捨てていく。一枚一枚散り落ちる木の葉は遊歩道に舞って、かさかさと音をたてる。

こでまりは風に揺れる枯れ葉が好きだ。遊歩道の端に座って、あちらでひらり、こちらでこそりと動く枯れ葉を見つめながら、ひげをぴこぴこ動かしている。若い頃はウズウズとお尻を揺らして身構えては、枯れ葉に突っ込んでいったものだ。今、年老いて病を得たこでまりは、機敏な動きを見せなくなった。すっかり背骨が浮いた後ろ姿を咲良《さくら》はそっと見守り続けた。

「こでまり、寒くない？」

声をかけるまで、こでまりはかなりの時間をじっと佇《たたず》んで過ごしていた。秋風が冷たくなってきたこの頃だ。返事はなかったが、咲良はこでまりをブランケットに包んで抱き上げた。

「うな」

「そうだね、そろそろ祐司《ゆうじ》くんが来てるかも」

春夏冬屋《あきないや》の新ルートを開拓している祐司は、従来の定位置を回る時間を変えた。以前は午前中から公園にやってきていたが、今は昼過ぎにやってくる。咲良は相変わらず朝から公園にいる。焼き芋の季節を迎えたこの頃、春夏冬屋を目当てに公園にやってきた常連に、開店時刻の変更を知らせる役を務めているのも自然の成り行きだ。

公園入り口に向かうと、やはり祐司の屋台はもういつもの場所に停まっていた。香ばしく甘い焼き芋のにおいが漂ってくる。咲良のお腹が、ぐうと鳴った。

「こんにちは、祐司くん」

声をかけると、焼き窯の様子を見ていた祐司はいつもの笑顔で振り返る。

「咲良さん、こんにちは」

「うふっ」

思わず咲良の口から笑い声がこぼれた。

「どうしました？」

「うふふふ」

咲良は手を伸ばして祐司の頬をつつく。

「え？」

戸惑った祐司の視線が、一瞬さまよった。

「ほっぺ、黒くなってるよ。煤《すす》が付いたのかな。拭いてあげる」

トレンチコートのポケットからハンカチを取り出して、頬を拭く。優しく優しく撫でられる。まるで、壊したくない大切なものを扱っているような手つきだ。

祐司は咲良の目をしっかりと見つめた。頬に触れる咲良の手をそっと握る。

「咲良さん」

見つめ返した咲良の瞳の美しさに、祐司は吸い寄せられそうになった。

「なあん」

こでまりの声を聞いた咲良が視線を移す。傍に十歳かそこらくらいの年齢の女の子が立っていて、二人をじっと見つめていた。白い長袖のチュニックに、ピンクのフリルのスカート。街中にいても違和感のない服装なのだが、蝶《ちょう》のような触角が付いたカチューシャと百円均一ショップで見たことがあるような羽根を付けている。おそらく妖精のコスプレだろう。祐司はなにごともなかったようなフリをして、そっと咲良の手を離した。

女の子はドラマチックなシーンが終わってしまったことを残念に思ったのか、唇を少し尖らせた。

「美紗《みさ》、なにしてるの、早くおいで！」

遊歩道から聞こえた、いくらかヒステリックな女性の声に呼ばれて、美紗という女の子は駆けていった。

「ママ、焼き芋買ってー」

元気の良い声でおねだりしている。美紗の母親の視線がこちらに向く。祐司は小さく会釈した。母親はぷいっと目をそらして美紗の背中を押して公園の奥の方へ歩きだした。

「ねえ、焼き芋」

「終わったら、ドラッグストアで買ってあげるから」

「えー。あそこのがいい。良いにおいがしてね」

「屋台で売ってるのなんて不衛生でしょ」

「えー」

小さくなっていく声に、祐司の背が少し丸まったようだ。衛生面は最大限に注意している。食品を扱うのだから当然のことだ。しかし、偏見にはなかなか太刀打ちできない。人それぞれの考え方はある。あきらめるしかない。

そう思っても祐司が受けたショックは小さくはなかった。咲良は手を伸ばして祐司の頭を撫でてやる。

「いい子、いい子」

高校生時代、咲良に勉強を教わっていたときにも、折に触れ、頭を撫でられていた。その頃の淡い気持ちを懐かしく思い出す。当時すでにいい子と言われる歳ではなかった。気恥ずかしくはあったが、咲良に触れてもらえる嬉しさに勝るものはない。黙って俯いていたものだ。

「ん」

こでまりに呼ばれて、祐司は視線を動かした。こでまりが靴下の前足で、おいでおいでと祐司を招いている。すぐ傍まで顔を近付けると、鼻先をぺろりと舐められた。

「ん」

「こでまりも、いい子してくれたね」

子ども扱いされたことが、なぜかとても嬉しくて、祐司はこでまりの喉を掻いた。

美紗と母親が去っていった方角から賑やかな声が風に乗って聞こえてくる。大勢の子どもの歓声のようだ。那珂《なか》親水公園《しんすいこうえん》ではイベントの開催も多い。今日もなにか始まったのだろう。

「なんのお祭りかなあ。焼き芋、たくさん買ってくれるといいね」

「どうでしょう。もしかしたらハロウィンの仮装パレードでしょうか。そうだとすると、歩き食いはしないでしょうから、みなさん、通り過ぎるだけかもしれませんね」

咲良は自分が店主と思っているのだろうかというほど、がっかりと肩を落とした。

「たくさんの人に食べてもらえると思ったのに」

今度は祐司が咲良の頭を撫でてやった。

咲良の気落ちを慰めるために今日の芋の銘柄当てクイズを行っていると、公園の奥から子どもが大勢、列をなしてやってきた。二十人もいるだろうか。大人が付いて歩いているが、大人一人で子ども三人から五人は面倒を見ている。

駆けだす妖精、つつき合う勇者とガイコツ、被り物のせいで前が見えずにフラフラするジャック・オー・ランタン。大人たちはあちらで引き留め、こちらで支えと大わらわだ。保育の専門家ではなく、子どもの保護者たちなのだろう。傍で見ていて心配になるほど、かなりの混乱が生まれている。

「あー！　焼き芋！」

いかにもやんちゃな男の子の声がした。駆け寄ってきた幼稚園児ほどの歳に見える男の子は白いシーツを被っただけ。おそらくゴーストの仮装だろう。

「クルスくん！　列に並んで！」

甲高い声で美紗の母親が怒鳴った。剣幕に驚いたクルスは、目をまん丸に見開いて、ぽかんと口を開ける。

「列から離れないでって言ったでしょ！　戻りなさい！」

クルスは一目散に駆けだして行列に戻り、友達らしい男の子に、ひそひそとなにか耳打ちした。美紗の母親はクルスがひそひそ話をしている様子を見て青ざめ、クルスから遠く離れた最後尾に、隠れるように移動した。行列の先頭付近にいた美紗が振り返って母親を見ているが、母親は美紗の視線に気付かないまま、行列は公園を出ていった。

「びっくりしたあ」

咲良がほっと胸を撫で下ろす。

「美紗ちゃんのお母さんは、おこりんぼだね、こでまり」

「なーん」

「違う？　そうかな。祐司くんはどう思う？」

咲良とこでまりの意見が食い違うことは、それほどない。おこりんぼではないと、こでまりが否定するには、それなりの根拠があるはずだ。祐司はその根拠に心当たりがあった。

「ずいぶん緊張しているようで、声が震えていましたね。責任感が強くて、自分に厳しい方のように感じました」

ほんの数分、遠目から見ていただけだ。それも言葉を交わしもしないで。それなのに人を冷静に分析できるものなのだなと咲良は感心して祐司を見つめた。

「どうかしましたか？」

「祐司くん、格好良いね」

突然褒められて驚いた祐司だが、褒められたのはコンサルタント能力だろうとすぐに察して、優しい微笑を浮かべた。

「ありがとうございます。ますます精進します」

「んな」

こでまりも応援していると鳴いた。

銘柄当てクイズも終わると、公園が急に静かになったように感じる。先ほどまでの賑やかさが嘘のようだ。

「ハロウィンだったねえ」

行列が行ってしまったあとの遊歩道に視線を送りながら、咲良がぽつりと言う。

「もう秋も終わりなんだよね」

楽しそうな子どもたちとは無縁な咲良は、腕の中のこでまりを見つめる。ブランケットに包んで抱きしめているこでまりの軽さを確かめているかのように、こでまりをゆらゆらと揺らしてやっている。眠そうにしているこでまりを見下ろす咲良の表情は暗い。祐司は屋台の端に置いている駄菓子袋からラムネのパウチパックを取り出して咲良に差し出した。

「ラムネの成分のブドウ糖は脳の栄養にいいそうです。悲しいときに分泌されるコルチゾールというホルモン物質も解消してくれるかもしれません」

咲良は祐司の優しさに笑みを返す。ラムネと引き換えるには、どうやっても釣り合わない極上の笑みだった。

「心配してくれて、ありがとう」

そう言って、口を「あーん」と開ける。こでまりを抱いて両手が塞がっているのでラムネを受け取れない。咲良の愛らしさに戸惑いながらも、祐司はパックを開けた。

うとうとしていたこでまりが、ぼんやりと目を開いた。ブランケットから前足を伸ばして祐司の腕に前足を掛けて伸び上がったところで、祐司が封を切ったのが猫用おやつではないことに気付いた。勘違いが気まずくて、こでまりは寝返りを打って、顔を洗い始めた。こでまりの元気な様子を見ることができた咲良は、祐司と顔を見合わせて微笑み合った。


春夏冬屋の午後の新ルート開拓に咲良とこでまりもついていく。一般的な焼き芋屋の「いしゃーきいもー」という呼び声ではなくベルの音なので、なかなか視線が集まらない。屋台が進む車道の脇、細い歩道を行く咲良が祐司に声をかけた。

「ねえ、祐司くん。どこかで停まっていたら、お客さん来ないかな」

「屋台を停めるには役所の許可が必要なんです。今日は許可がないところしか通っていないので……」

提案を却下することが心苦しくて目を伏せた祐司に、咲良は檄《げき》を飛ばす。

「元気出して行こう！　お客さんが集まりそうな場所を探すミッションも追加しようよ。中央病院みたいに常連さんが増えそうなところを」

そう言って、あたりを見回した咲良は、交差した路地の向こうにハロウィンパレードを見つけた。

「あ、美紗ちゃん」

声をあげると、こでまりもブランケットから顔を出して美紗を見つけた。

「にゃう」

こでまりの言葉に目を輝かせて、咲良が祐司を振り仰ぐ。

「パレードのあとについていくのは、どう?だって」

どう?と尋ねたはずなのに、祐司の返事を待たずに咲良は角を曲がっていく。

「咲良さん。ついていくと、たぶんパレードの邪魔になります」

祐司はまた申し訳なさそうにしたのだが、今度は咲良は折れない。

「大丈夫。こでまりが言うことだもの。間違いないはず」

結局、祐司は路地を抜けると、パレードが行くその後ろをついていくことになった。ただし、距離はかなり遠めに空けて。それでもチリンチリンというベルの音に気付いた子どもたちが振り返りだした。なかには足を止めてしまう子もいる。出発時と変わらず最後尾にいる美紗の母親は、甲高い声で子どもたちを叱りつけて前を向かせようとしている。

「咲良さん。やっぱり、ご迷惑をかけているようです」

「楽しいお祭りなんだから、好きなものを見てもいいのにね」

「んなあん」

咲良とこでまりは子どもに同情を寄せている。好きなものを見て、好きなものを記憶していくこと。それを毎日実行している咲良とこでまりにとって、このパレードは窮屈でたまらないものに見えた。

しばらく後をついていっていると、春夏冬屋を呼び止める人がいた。午後初めての客だ。

パレードと離れることができて祐司はほっとして、その客に心からの感謝と共に、とっておきの大きな芋を選んで手渡した。

それから客に恵まれて、あちらで止まりこちらで止まりと焼き芋はかなり売れた。

「今日は、澤《さわ》さんのところへ配達に行かないの？」

「先週一度も会えなかったので注文を聞けてないんです。一応、ひとつ取り置きしていますが」

こでまりがブランケットから顔を出す。

「ん」

「そうだね、澤さんに会いたいね」

「では、行ってみましょうか」

並んで公園に向かっていく。街路樹のイチョウが黄色く色づいている。ひらひらと散り落ちて歩道が黄色に変わっている。

「このまま歩いていったら、オズの国へ行けるかもしれないよ、祐司くん」

「この道は、『オズの魔法使い《まほうつか》』の黄色いレンガの道でしたか。魔法使いがいるエメラルドの都へ行けば、なんでも願いを叶えてもらえるんでしたね」

咲良は映画の主題歌だった『オーバー・ザ・レインボー』を小さくハミングしだした。

いつか虹の向こうへ行きたいと歌う咲良の目指すところはどこだろう。オズの国を目指した主人公、ドロシーの願いを、魔法使いのオズは叶えることができなかった。咲良の願いは虹の向こうへ行けば、叶うのだろうか。祐司にはわからない。

那珂親水公園の管理事務所を訪ねると、澤は休みを取っているということで、見知らぬ職員が職務にあたっていた。念のために焼き芋はいかが、と咲良が尋ねたが、ダイエット中だからと断られた。ダイエットという言葉を聞いた咲良の食欲は、かえって増した。

「お腹空いたね、祐司くん」

「もう、昼を過ぎていましたね。こでまりもお腹が空いているのでは？」

「なーん」

どうやら空いていないと言っていると祐司にもわかった。確認しようかと咲良に目を移すと、咲良の顔から表情が消えていた。こでまりの食欲はますます落ちているようだ。薬は飲んでくれているというが、食べ物を受け付けなくなるほど弱っているのだろう。

「咲良さん」

「じゃあ、もう少し歩こうか、こでまり！」

慰めの言葉も、心配の言葉も聞きたくないとばかりに、咲良は大きな声で祐司の悲しそうな様子を吹き飛ばした。

「んな？」

「大丈夫、大丈夫。空腹は最高のソースって言うでしょ。思いきり体を動かしたら、もっと美味しく……」

　ぐうと大きなお腹の音が鳴って、咲良の言葉の邪魔をする。祐司は微笑を浮かべて、優しく語りかけた。

「取り置きしていたけれど余ってしまった焼き芋があるんですが、良かったら食べてもらえませんか」

「……いただきます」

　俯いた咲良の頰が少し赤いことには気付かなかったふりをして、祐司は停めている屋台に足を向けた。屋台に一番近いベンチで焼き芋を頰張る。今日の芋のなかで一番上等なものだ。祐司が水分補給用に持っていたほうじ茶も分けてもらって、ほっと温まる。ほかほかになった咲良の手で撫でてもらって、こでまりも満足そうだった。


　食後のまったりした時間を祐司とともに楽しんでいると、こでまりが呟いた。

「ん」

　公園の遊歩道を住宅街の方向から、美紗の母親が自転車を漕いできていた。視線は真っ直ぐ前に固定されて、なにかに追い立てられているかのように顔を歪めている。自転車のカゴには大きなショッピングバッグが突っ込まれている。

　近付いてきたかと思うと、あっという間に通り過ぎた。二人とこでまりには目もくれないどころか、そこに人がいたことにさえ気付いていなかったのではないだろうか。

「すごく急いでたね」

後ろ姿を見送って言うと、こでまりも「ん」と同意した。祐司は池の真ん中に立っている大きなモニュメントクロックに目をやる。高いポールの上部に取り付けられた大きな時計は、午後四時近くを示していた。

「買い物でしょうか。商店街のニュー・ミサキの夕方特売が始まる頃です」

地元の安売り大盛りスーパーの情報を提供した祐司は、なにやら思案顔で、美紗の母親が去っていった方角を眺めている。

「祐司くん、なんでスーパーのお得情報を知ってるの？」

「お客さんが世間話をしていってくださるからですよ」

「すごいなあ。なんでも知ってるし、なんでもできるね」

せっかく褒めてもらったのに、祐司は喜ぶ素振りを見せず、逆に悲しそうに目を伏せた。

「いえ、もっとできることを増やしていかなければ」

「ん」

こでまりが伸び上がって、祐司の首にすりすり身を寄せた。

「咲良さんのために」

小さな小さな祐司の声に、こでまりはまた「ん」と言う。こでまりは祐司にがんばれと言って後押ししているのだ。それはこでまりの願いでもあるのだから。咲良はなにも言うことなく、ただ祐司の手をぎゅっと握った。

なんだか力が抜けてしまって、二人はベンチに座り続けた。こでまりはブランケットに包んでもらって祐司の膝の上で眠っている。

秋の夕暮れは早い。凩《こがらし》も吹いて、いよいよ気温は下がってくる。それでもこの場所から離れがたくて、話すこともないのに隣にいたくて、咲良は祐司の肩に寄りかかった。こでまりがいない膝の冷たさが、祐司の肩のぬくもりで少し紛れるような気がした。

「祐司くん」

「なんですか、咲良さん」

咲良は猫のようにすりすりと祐司の肩に額を擦りつける。

「こでまりは温かいでしょ」

「はい」

手を伸ばして、こでまりの背中に触れた咲良は、小さなぬくもりをじっと感じた。

「よし！　帰ろう！」

急に元気な声を出して咲良は立ち上がった。もう日は傾いて薄暗くなっている。

「こでまり、帰ろう」

顔を寄せて声をかけると、こでまりは大きなあくびをして伸び上がった。それでもまだ寝ぼけ眼で咲良に抱きつく。戻ってきたぬくもりを、咲良は大切に抱き上げた。

「ん」

こでまりが見ている方に目を向けると、美紗の母親が自転車を駆って戻ってきているところだった。その姿が、なぜかとても気になるようで、こでまりは目を大きく開いて見つめた。と思うと、急に咲良の腕から飛び下り、病身とは思えないスピードで走りだす。

「こでまり⁉」

咲良が叫んだ時には祐司が飛び出して、こでまりを抱き止めていた。自転車との距離はまだまだ開いていたが、美紗の母親は驚いた拍子に横倒しに倒れてしまった。自転車がものすごい音を立ててひっくりかえる。なんとか地面に激突することだけは避けられたが、母親は腰を抜かしたのか、ぺたりと座り込んでいる。ショッピングバッグも地面に落ちて中身が散乱していた。食パンの袋が、エリンギのパックが、長ネギが、撒き散らされる。

「すみません！　大丈夫ですか！」

こでまりを抱えたまま、祐司が駆けつけると、美紗の母親は呆然と散らばった荷物を見つめていた。追いついてきた咲良にこでまりを預けて、祐司は母親の傍に膝をつく。

「おケガはありませんか」

声をかけられたことにも気が向かないようで、やはりぼんやりしている。咲良も傍にやってきて深々と頭を下げる。

「申しわけありません！」

美紗の母親の目から、ぼろりと涙がこぼれた。咲良は息を呑んだ。

「どこか痛いところが⁉」

美紗の母親は首を横に振る。動転した咲良はなにもできずにおろおろするばかり。祐司は散らばった荷物を拾い集める。よく見ると、どの商品も値引きシールが貼られているものばかりだった。美紗の母親は、祐司がショッピングバッグに商品を詰めるのを、泣きながら見つめていた。咲良が話しかけても反応することもない。まるで涙を流す人形のように動きもしゃべりもせず、泣き続けるだけだった。

荷物をすべてバッグに戻し終えた祐司が手を差し出すと、母親はようやく動きを取り戻した。だが、祐司の手を取ることはしない。

「ごめんなさい」

なぜか母親は深々と頭を下げた。

「ごめんなさい」

繰り返されて戸惑う咲良は、祐司を見上げる。祐司は少し腰を屈《かが》めて美紗の母親のショルダーバッグについた枯れ葉を取ってやった。

「謝るのはこちらの方です。どうか顔を上げてください」

咲良はこでまりを片手で抱きなおして、コートのポケットからハンカチを取り出したが、ハンカチは煤で汚れている。差し出されることのないハンカチに目を留めた母親は、手のひらでぐいぐいと涙を擦り上げた。それでも涙が止まることはない。

「んなーん」

　こでまりが靴下の前足を出す。美紗の母親は引かれるように手を伸ばして、こでまりの前足と握手する。その柔らかさに感じるところがあったようで、洟《はな》をすすり上げながら地面に両手をついて、よろよろと立ち上がった。

「猫にケガはないですか？」

気遣ってくれるその声が弱々しい。こでまりは、大丈夫だと示そうと尻尾をパタパタと振ってみせた。

「大丈夫です。本当にすみませんでした」

咲良が謝ると、母親がまた「ごめんなさい」と頭を下げる。美紗の母親のことをおこりんぼだと言ったことを、咲良はいたく反省した。項垂れて「すみません」と繰り返す。また頭を下げようとする母親に祐司が優しく声をかける。

「おケガがなくても、ショックだったでしょう。少し座って気持ちを落ち着かせていきませんか」

　背中をそっと押してやると、力なく、とぼとぼと歩きだした。咲良の腕からすり抜けたこでまりもあとについて歩いていく。咲良は自転車を起こすと、ショッピングバッグをカゴに積んでベンチの傍まで移動させた。

ベンチに母親を座らせた祐司は、咲良を手招き、隣に座るように指し示した。気まずい思いのまま、咲良は少し間を空けて美紗の母親の隣に腰かけ、頭を下げた。

「本当にすみませんでした」

何度目の謝罪だろうか。わからないけれど、いくら謝っても謝り足りない。こでまりを許してもらえないなんて、そんな悲しいことには耐えられない。

「いえ、こちらこそごめんなさい。ちゃんと前を見ていなかったんです。時計にばかり気を取られて」

こでまりがまた母親の足に額を擦りつける。

「ごめんね」

母親がこでまりにそう言ってくれて、咲良はやっと安心して話すことができた。

「お急ぎだったんですか?」

「いえ……。とくに急ぐ用事があるわけじゃないんです。でも本当に訳が分からないんですけど、なにをしていても時計が気になって、いつも時計ばっかり見てるんですよ。おかしいですよね」

おかしいことかどうか、咲良にはわからない。だが美紗の母親にとって、時計を見ることが苦しみの原因になっているのなら、なんとか力になりたい。迷惑をかけたからだとか、こでまりを嫌いにならないで欲しいからだとか、そんな理由ではないような気がした。咲良は美紗の母親のことを助けたいと心から思う。

「私は逆で、できるだけ時計を見ないようにしてるんです」

本当は話したくはない。この話をこでまりに聞かせたくはない。

「時間がどんどん過ぎていくのが怖くて。お別れのときがくるのが怖いんです」

美紗の母親は顔を上げて咲良と視線を合わせた。相槌《あいづち》を打つことはしないけれど、咲良の言葉の続きを待っている。

「この猫、こでまりっていうんです」

「かわいい名前ですね」

ほんの少し、美紗の母親の表情が緩んだ。

「美紗ちゃんのお母さんは、お名前はなんておっしゃるんですか？」

「なんで美紗のこと？　知り合いですか？」

美紗とは視線を交わしただけで話をしたこともない。それを知り合いと言ってよいものか、咲良は少し迷い、祐司を見上げた。

「私は焼き芋を商っているのですが、屋台に娘さんがやってきたときに、お名前を呼ばれていたので」

「ああ、あの焼き芋屋さん」

昼頃のことを思い出したようで、美紗の母親は名乗ってくれた。

「幸田佳純《こうだかすみ》と申します。娘もご迷惑をかけて」

佳純ははっとして手で口を覆った。

「ごめんなさい、私あのとき、不衛生だなんて言って」

祐司は生真面目な顔を佳純に向けた。

「謝らないでください。幸田さんが信念を持っていらっしゃるなら、どう思われてもかまいません」

「信念なんて、なにも。本当に、なにも考えずに……」

小刻みに震える佳純を、祐司は硬い表情で見つめ続ける。いつもの優しさを引っ込めているのは、キャリアコンサルタント業をするときの対応法なのではないかと咲良は思う。けれど、今の佳純に必要なのは自分を見つめ直すことではなく、暖かく柔らかな、なにかなのではないだろうか。

「ん」

咲良と祐司の思いを知らぬげに、こでまりがまた靴下の前足を佳純に差し出した。

「触っていいよって言ってます」

佳純は祐司から咲良へ、咲良からこでまりへと視線を動かした。

「ん」

勧められるままに、また、こでまりの前足を握る。

「んな」

「肉球を揉んでもいいよ、ですって。こんなこと言うこと、めったにないんですけど」

そっと指先で押すと肉球は、ぷにっとした弾力で佳純の指を優しく押し返す。いろいろいろいろと触っていると、佳純の表情が落ち着いたものに変わっていった。

「肉球って柔らかいんですね」

「猫はどこもすごく柔らかいですよ。こでまりは考え方も柔軟なんです」

佳純はこでまりを見て、また泣きそうに顔を歪める。

「いいですね、うらやましい。私は考え方が石みたいだって夫からよく言われるんです。なにもかも、もっと柔軟に考えろって。子育てのことも」

ふう、と佳純は大きなため息をついた。悲しみが口からこぼれ落ちたように見える。

「美紗ちゃん、とっても明るくて、かわいいですね」

娘を褒められたというのに、佳純はちっとも嬉しそうではない。それどころか苦しそうに唇を噛んだ。このままでは、また泣いてしまうのではないかと、咲良は明るい声で話題の方向性を変えた。

「そうだ、ドラッグストアで焼き芋を販売してるって、知りませんでした。どこのお店にあるんですか？」

佳純は屋台を貶して傷つけたかもしれないと、祐司に視線を向けた。祐司はヒマを持て余しています、といった風情で池を眺めている。それがヒマそうにしているふりだと、すぐにわかる演技力のなさだが、それでも佳純にとって話しやすくなる所作ではあった。

「商店街のドラッグストア・ワカバってご存じですか？」

「入ったことはないけど、お店の前でいつも同じ歌が流れているところでしょう」

「ええ、そこです」

通り過ぎるだけでも聞き馴染んでしまうほど覚えやすいその店のテーマソングを鼻歌で歌うと、佳純は小さな笑みを浮かべた。

「ドラワカの歌。うちの子も、よく歌ってます。子どもはいいですよね、単純なものでも楽しめて」

唐突に祐司が会話に加わる。

「子どもが好きな単純なものというと、ほかには、なにか？」

「ほかには、ですか」

うーんと軽く唸って、佳純はため息をついた。

「今日のパレードみたいなものとか。あんな安っぽい仮装で喜んじゃって」

穴があったら入りたいとでも思っているのか、佳純は肩を縮めて目をそらした。なにが気がかりになっているのだろうと、咲良は首をひねった。

「さっきのハロウィンパレード、賑やかで楽しかったですよ。見られて良かったです」

佳純は、ますます小さくなる。

「あんなものでお恥ずかしいです。隣の校区は、もっと力を入れてるんですけど、うちの校区はお世話に来てくれる親が少なくて」

同じ小学校といっても、そこここで特徴があるものなのかと咲良は感心した。

「子どもがみんな楽しそうだったから良いのでは」

そう言った祐司は副業でいろいろな学校を訪ねている。高校や大学が主だろうが、小学校の事情についても佳純より詳しいのかもしれないなと、咲良は耳を傾ける。

「大人の価値観と子どもの楽しみ方は、もしかしたら関係がないものかもしれませんね」

「でも、ハロウィンなんて仮装が楽しくなかったら、なにが楽しいって思います？」

「ハロウィンはケルト民族の古いお祭りです。ケルト民族はイギリスの先住民族ですね。その歴史を感じられる良い機会と言えるかもしれません」

祐司がハロウィンを擁護しても、佳純の気持ちは頑なに変わらないようだ。

「そんなオオゴトな話じゃないのでは。いくら歴史があったって、日本じゃ関係ないじゃないですか。ただのまねごと。バカ騒ぎするだけの嫌なイベント」

口調は力ないのに佳純の言葉には棘《とげ》がある。咲良は祐司を見上げてみたが祐司は穏やかに微笑んでいるだけだ。なにか考えがあることは間違いない。咲良は聞いているだけにしようと、知らんぷりで目をそらして、こでまりの喉を撫でだした。

「幸田さんはイベントがお好きではないんですか？」

「そういうわけではないですけど……」

「まねごとが嫌い？」

嫌っているのはハロウィンというイベントではないと、佳純は自覚しているようだ。目を伏せて居心地悪そうに指を組む。

「そうですね。私は人まねも上手くできないから。美紗の仮装も本当はティンカー・ベルの衣装を作ってって言われてたんですけど」

よほど美紗の仮装の出来が気になっていたのか、佳純は膝を繰って祐司と向き合った。

「あれじゃ、妖精には見えなかったですよね？」

「幸田さんご自身ではティンカー・ベルに見えていなかったんですか？」

戯曲『ピーター・パン』に出てくる妖精、ティンカー・ベルは、様々に映画化やアニメ化されるたびに、違った姿で描かれる。佳純がどのティンカー・ベルをイメージしているのかは祐司にはわからない。

「とてもじゃないけど、だめです。なんで美紗がなにも言わずにあの格好で歩いてくれたのか、わかりません」

なにかに縋《すが》らないと溺《おぼ》れてしまうとでもいうかのように、佳純は祐司を見つめている。

祐司が仕事モードになって口を開きかけたとき、咲良が独り言のように呟いた。

「そう言えば、美紗ちゃんはお母さんのことをずっと見てた」

「え？　美紗が、どこに？」

佳純は今のことかと思ったのか、周囲を見渡す。

「パレードのときです。佳純さんがパレードの後ろの方に行っちゃったとき。本当は傍にいて欲しかったんじゃないかな。なんで離れたところに行っちゃったんですか？」

「なんで……」

不自然な移動をしたことに佳純自身は気付いていなかったのかもしれない。おこりんぼだと思っていた佳純が、猫を気遣ってくれるほど優しい人だとわかった。娘の考えていることがわからないというくらい家族にも気を使う人だとわかった。佳純はそのことを自覚しているのだろうか。

「なー」

こでまりは佳純に語りかけた。

「クルスくんを叱りつけたことが気になっちゃったんですか？　それを美紗ちゃんに見られたくなかったんですか？」

咲良の口を通してこでまりの言葉を聞いた佳純は、はっと顔を上げた。見つめられた咲良は「こでまりが、そう言ってます」と、こでまりを抱き上げてみせた。

「佳純さんは美紗ちゃんを傷つけたくなかったんですか？」

「そんなこと、考えてもみませんでした。ただ、怖くて逃げ出しただけで」

俯いた佳純は自分の靴の先を見つめながら、黙って考え込んだ。しばらく待って、祐司が尋ねる。

「なにが怖かったんでしょうね」

「良い母親じゃないって美紗に知られたくなかったのかも」

自分の口から出た言葉に、佳純は驚いたようで目を丸くした。

「私、なに言ってるんだろ。美紗は私がダメな母親だって、よく知ってるのに」

もう涙は出ていないというのに、佳純は手で目元を拭う。顔には現れないのに、気持ちだけが泣いているのかもしれない。ふっと手を止めた佳純は池の方に目をやった。複雑な表情を浮かべている。疑問、恐れ、後悔、苦悩。どれもであってどれでもない。言葉にはならない感情に翻弄《ほんろう》されているようだ。時計に目をやり、ふらふらと立ち上がった。

「私、帰らないと」

佳純は自転車を見もせず歩きだす。呼び止めようとした咲良を、こでまりが止めた。

「なん」

「わかった」

咲良は自転車を押して佳純についていく。こでまりと祐司も続く。

「祐司くん、佳純さんと話してあげてって」

こでまりの言葉を伝える。

「わかりました」

少し足を速めて佳純に追いつき、祐司は声をかけた。

「お急ぎですか?」

「今日も叱っちゃったから」

話しかければ返事はするが、佳純はどこを見ているか分からない。どこへともなく視線をさまよわせている。

「また美紗が告げ口しちゃう。やめさせないと」

「告げ口。誰にですか?」

「修吾《しゅうご》にまた叱られちゃう……」

佳純がぴたりと足を止めた。祐司も隣で立ち止まる。佳純は夢から覚めたような顔をして、祐司を見上げた。

「私、なにを言ってるんだろう。ごめんなさい、変なことを言って」

「変なことではないですよ。修吾さんというのは、美紗ちゃんのお父さんですか?」

救いを求める子どものように祐司を見つめて、佳純は頷いた。

「叱られるというのは」

「ごめんなさい、なんでもないんです」

これ以上は話せない、そんな口調だったが、視線は祐司から離れない。話してしまいたいのに、そうできない。

「修吾さんは怖いですか？」

「どうして」

唇をわななかせて佳純は黙り込む。祐司はゆっくりと瞬きをして佳純が話せるようになるのを待っている。こでまりがするような、目の前にいる人を信じているときの瞬きだ。こでまりが咲良にだけ聞こえるように「ん」と言う。言われた通り、咲良は自転車をその場に置いて、佳純の視界に入らないように移動した。

すっかり暗くなった公園に人の姿はない。街灯が点《とも》るまで、まだ少し時間がある。この暗く、けれど優しい静寂は、ほんの少しの間だけ訪れる小さな奇跡のようだった。とても短く小さいけれど、佳純の口を開かせるには充分な。

「怖いです」

その言葉が感情を蘇らせたのだろう。今目の前に恐怖があると思っているかのように、佳純は小刻みに震えだした。

「私を怒鳴りつけるし」

「怒鳴りつけるんですか。美紗ちゃんのことも？」

佳純の震えがますますひどくなる。

「どうしよう、美紗も怒鳴られたりしたら」

「なーん」

こでまりの声で佳純の震えが止まった。目をやると、こでまりはゆっくりと瞬きした。

「妖精がきっと力になってくれます」

祐司が突然、話題を転換させて、佳純はわけがわからず視線をさまよわせる。こでまり、咲良、祐司。誰を見ても、優しい眼差しを佳純に向けている。

「妖精？」

「ええ。ハロウィンはケルト民族の収穫を祝うお祭りですが、その日は死者の魂が戻ってくるとも言われていたそうです。家族のもとへ帰る死者に紛れて、悪霊や悪魔がやってくるとも」

なんの話かわからない佳純は大人しく祐司の言葉に耳を傾けている。

「仮装をするのは悪霊から身を守るためです。生きている人間だとばれて連れていかれないようにしているんです。妖精の仮装をした美紗ちゃんは、無事に到着できたでしょう。幸田さんが美紗ちゃんを守ったんですよ」

さまよっていた佳純の視線が力を取り戻していた。

「私が、守る。美紗を」

佳純はモニュメントクロックを振り仰いだ。もうすぐ午後六時になるところだ。

「帰ります、修吾より先に！　美紗と話をします！」

しっかりと宣言して佳純は自転車に駆け寄る。

「私が美紗を守ります。絶対に」

真っ直ぐに前を向いて力強くペダルを踏み込む。三メートルほど進んで、急ブレーキをかけると、佳純は振り返った。

「ありがとう！」

もう振り返ることはなく、一散に美紗のもとへ、愛する娘のもとへ戻っていった。佳純の後ろ姿を見送りながら、こでまりが小さく呟く。

「んんにゃ。にゃー」

「そうなんだ。佳純さん、そんなに疲れてたんだね」

「こでまりは、どうして幸田さんのことが気になったのかな」

話しかけられて、こでまりは抱っこしろと祐司の足に両前足を掛ける。祐司が抱き上げて両腕で包んでやると、小さなくしゃみをした。咲良は肩に掛けていたブランケットをこでまりに掛けてやる。

「んなーお」

「においがしたって。脅えて、疲れ果てて、倒れそうになっている生き物のにおい」

額をかりかり掻いてやる。こでまりは咲良の手に額を擦りつける。

「こでまりは優しいね」

「ん」

こでまりがいれば、ブランケットよりも暖かな夜がやってくる。咲良と祐司は並んでその場をあとにした。

翌日は小春日和《こはるびより》だった。ぽかぽかと明るい日差しに誘われ、咲良はおべんとうを包んで公園へ出かけて、こでまりとくつろいで過ごした。こでまりには、猫用おやつのパウチパック。食べるスピードはずいぶん落ちていた。ゆっくりゆっくり味わってパックを半分空にしたところで動きを止めた。

「ん」

「もう少し食べない？」

咲良の悲しそうな声から気持ちを遠ざけようとするかのように、こでまりは耳をそばだてた。そこにちょうど、春夏冬屋のベルの音が聞こえた。

「んなお」

「そうだね、祐司くんに会いに行こうね」

気を取り直した咲良は、ピクニックの荷物を持って公園の出口へ向かった。

「こんにちは、祐司くん」

「こんにちは。咲良さん、こでまり」

屋台から立ち上る甘い香りに、いつものように咲良のお腹が反応して鳴った。

「今日の芋の銘柄当てクイズを始めましょう」

「今日はクイズはお休み。これがあるの」

にこっと笑って、咲良はこでまりを祐司に託す。肩に掛けている大きなトートバッグから布包みを取り出した。

「お弁当です。一緒に食べようと思って作ってきたよ」

目をぱちりと瞬いて驚いた表情を見せた祐司の顔がゆっくりとほころんで、満面に笑みが浮かんだ。

「ありがとうございます」

「いつも食べさせてもらってばかりだから。お返しだよ」

こでまりを挟んでベンチに座り、お弁当を開く。こでまりは見ているだけだったが、咲良と祐司の会話を満ち足りた表情で聞いていた。最近の咲良はお腹が空いても食事をとりたがらない。こでまりが共に食べられないことを気にして食欲が落ちていた。けれど祐司がいれば咲良を満腹にすることができると、こでまりは満足してくつろぐ。

二人が食後のお茶を飲み終えた頃、こでまりがぴくりと耳を動かして起き上がった。

「どうしたの、こでまり」

「ん」

こでまりが見ている方に目を向けると、佳純がものすごい勢いで自転車を漕いでやってくるのが見えた。自転車のカゴには荷物でぱんぱんに膨らんだショッピングバッグが積んである。かなり近付いてから咲良たちに気付いて、佳純は急ブレーキをかけた。

「昨日は、ありがとうございました」

自転車にまたがったまま頭を下げる佳純は、昨日のイライラした様子も動揺して泣きだした様子もすっかり消えて、明るい笑顔を浮かべた。

「元気が出たようで、なによりです」

祐司が立ち上がって言うと佳純はまた頭を下げた。

「美紗といろいろ話しました。家庭の内情なんて子どもには聞かせられないって思ってたんですけど、美紗はいろいろ知っていて、考えていて。一緒にうちを良くしていこうって約束したんです」

佳純はこでまりに目を向けた。

「猫ちゃんも、ありがとう。昨日はごめんね」

「なーん」

こでまりは、ゆっくりと瞬きしてみせる。ほっとする優しさがあたりに広がった。咲良がこでまりの言葉を伝えようと口を開けた途端、佳純が大声を出した。

「あ、ドラワカに寄るの忘れてました。急がなきゃ、失礼します！」

自転車をぐるりと百八十度回転させて、佳純はまたすごい速度で走りだした。商店街に向かうのだろう。

「行っちゃったね」

「ん」

「焼き芋を買いに行ったのかな」

佳純の後ろ姿を見送る咲良の言葉に他意はなかったのだが、春夏冬屋のことを思い出してもらえなかった祐司は、がくりと首を垂れた。

「ん」

こでまりは祐司の腕を引っ掻くように触って慰めてやった。

十二月のこでまり

動物病院に連れていかれることを、こでまりが嫌がるようになったのは、去年の暮れ頃のこと。ひどい口内炎ができて体毛が抜け続けるという症状が出ていた。病院に行こうと咲良《さくら》は何度も言った。けれど、こでまりは聞こえていないふりをし続けた。口内炎の痛みで食欲がなくなったこでまりのことが心配で、咲良は嫌がるこでまりをむりやり抱き上げて、かかりつけの動物病院に向かった。

治らない病気だと知らされた。

こでまりは咲良の両親に拾われて、まだ目が開いていない子猫の頃にやってきた。すぐに動物病院で様々な検査をしてもらってはいた。その時点で、この日がくることは予想できていたのだ。

ずいぶん昔から、咲良の両親は自分たちが難病のために愛娘を置いていかなければならなくなると覚悟していた。いつかは独りぼっちにしてしまうと思っていた咲良の傍にいてくれる存在ができたと思ったのに、こでまりさえも咲良を置いていくと、どうやって告げることができるだろうか。

両親はとうとう、こでまりの病気を、幼い咲良に知らせることができなかった。自分たちがいなくなっても、こでまりはずっと長く咲良と一緒にいて欲しいと強く願っていたから。それが叶わないことだとわかっても、願わずにはいられなかったから。

「んにゃあ」

動物病院の医師から事情を聞いてショックを受けた咲良を、こでまりが優しくなだめた。泣かないで、と。

「なー」

自分の寿命は自分でわかるの。これはもう、どうしようもないことだったのよ。それでも私はおばあさんになれた、充分に生きたと思わない?

こでまりは優しく静かな声で咲良に語ったのだった。そのときに咲良は決して泣かない、こでまりと笑って過ごすのだと心に決めて、この一年間の悲しみを堪《こら》えてきた。


こでまりはすっかり痩せてしまった。皮膚の上からでも、骨の形が一目でわかるほどだ。それでも咲良はこでまりを抱いて散歩する。こでまりは顔を上げているのも疲れるのだと言って、しばらくあたりを見つめると、咲良の腕に頭を預けて目をつぶる。外に出れば、そうやってきつい思いをして過ごすというのに、こでまりは出かけたがり、見つめたがる。いつもの散歩道を、大好きな花壇を、商店街の賑わいを。

「こでまり」

呼びかけた咲良は、その木が見えやすいようにと、両腕で包み込んでいるこでまりの頭の位置をずらしてやった。

駅前広場に大きな樅《もみ》の木が立っていた。普段は広々としているだけの広場の真ん中に、毎年この時期だけ据えられる。枝を広く伸ばした、背が高くて立派な木だ。

「今年もクリスマスがくるね」

「ん」

青々とした樅の木が光に包まれるまで、まだしばらくのときがある。

春夏冬屋《あきないや》の営業は順調そのもので、常連が心待ちにしているいつもの公園や街角を巡るのはもちろんのこと、新規開拓に成功した、あちらこちらの住宅街にも祐司《ゆうじ》は足を伸ばしている。副業のコンサルタント業務も年末になって依頼が増えた。就職活動最終ラウンドの学生を有する学校や、企業からは年度代わりの人事異動のための参考資料として、などといった複数の案件が入ってくる。春夏冬屋の営業の間にも、ひっきりなしに電話連絡をしなければならないほどだ。そうやって忙しなくしている祐司の顔を、咲良はもう二週間はまともに見ていなかった。

「んにゃ」

今日もいつもの公園を歩いていると、祐司に会いに行けと、こでまりが厳しく言った。

咲良は苦笑を返す。

「私がいたら、祐司くんの仕事の邪魔になるよ」

動物病院に行った日から、咲良が春夏冬屋の通るルートを明らかに避けていることに、こでまりはとっくに気付いていた。

「なーん」

「嘘じゃないよ。私がいたら祐司くんは私のことをかまわないといけないでしょ。そんな時間、もったいないじゃない」

「なーん」

「本当だってば。私がいたら、私がいたって。私なんか邪魔になるだけ……」

声が小さく、暗くなったことに自分で気付いた咲良は、ぱっと明るい表情を浮かべてみせる。

「それにほら、私、ゆっくりとしか歩けないもん。歳をとると、なかなか思うように足が動かないよ」

歳をとったのは、こでまりだ。体調がますます悪くなるにつれて動けなくなっていく。走れなくなった、跳べなくなった、歩くことすら難しくなった。今はもう、咲良に抱かれるだけでも疲れてしまう。咲良が歩けば振動にさらされて、体力をどんどん消耗する。それでもこでまりは、この世界を諦めない。

「んにゃ」

「だって、ほら。お芋のにおいって誘惑してくるもん。ダイエットには大敵だよ」

咲良は痩せてしまっていた。食べられなくなったこでまりと同調しているかのように食欲が失せて、ほとんど食べていないのだ。それを「ダイエットしてるの」と言って笑う。無理に浮かべた笑顔は痛々しいばかりで、咲良のいつもの無邪気さがどこにもなくなってしまった。

「んに……」

「あ、見て！」

こでまりの言葉を遮って咲良が指さしたのは、公園の掲示板だ。公民館からのお知らせや、公園内での注意事項などに交ざって色鮮やかな写真が使われたポスターが貼ってある。

「クリスマスツリーの点灯式だって！　見に行こうね！」

あからさまに話をそらそうとする咲良に、こでまりは応じなかった。祐司に会いに行けと繰り返し説得しようとする。

「んな……」

「楽しみだね！　十二月十四日だって。次の日曜日だよ、こでまり」

咲良はこでまりの言葉を怖がっている。聞いてしまえば泡のようになにかがはじけて消えてしまうとでも思っているかのように。こでまりはため息をつく。

日曜日だからなのだろう。駅前広場はたくさんの人であふれていた。キッチンカーが集まってツリーを中心に円形に広場を囲んでいる。その内側に沿うように、菓子やパンの出店や雑貨のテントが立っている。店を巡る人の視線はあちらこちらと動き、進む方向の予測がつかない。真っ直ぐ歩くことも難しい。咲良はこでまりをかばって背中を丸めて腕をぎゅっと縮めている。それでも人を避けきれなくて、咲良の肩に腕に、人がぶつかっていく。こでまりは咲良を見上げた。

「ん」

「疲れたの？　ちょっと座ろうか」

疲れているのは咲良だと口に出さないのは、こでまりの気遣いだ。こでまりが心配していることに気付いていない、まったく平気だというふりをして、咲良は人の少ない方へ歩いていく。

ツリーを囲むように、丸テーブルと椅子がいくつも設置してある。もうすぐ昼食どきという時間帯のためか、空いたテーブルが見つからない。

通り過ぎるいくつものテーブルに美味しそうな料理があれこれと並んでいる。そのにおいも咲良を誘惑できない。なんであっても食べる気になれない。楽しいテントを覗く気にもならない。咲良はただ、疲れていた。

元気な声をかけられて振り返ると、ハロウィンのときに出会った美紗《みさ》の母親、佳純《かすみ》が手を振っていた。

「こんにちは！」

「佳純さん。こんにちは」

一人で留守番をしているらしいテーブルに近付いていく。四つある椅子のうち二つには、子ども用の空色のリュックと、紳士もののコートが置いてある。美紗とその父親のものだろう。ハロウィンの話し合いのあとは、家族仲良く過ごしているのだなと思うと、咲良の頬に自然と笑みが浮かんだ。

「お久しぶりです。猫さんも、こんにちは」

「ん」

こでまりは頭をもたげて、佳純に挨拶を返した。

「ハロウィンのときは、ありがとうございました」

深々と頭を下げる佳純に、咲良は慌ててお辞儀を返す。

「そんな、こちらこそ。こでまりがご迷惑をおかけして」

頭を上げた佳純は、少し腰をかがめて、こでまりの視線に目を合わせた。

「あのときはごめんんね、猫さん」

「んな」

「気にしないでって言ってます」

ふと佳純は真顔になって咲良をまじまじと見つめた。

「どうかしました？」

「あの、あなたは猫の言葉がわかるんですか？」

今さらな質問に、咲良は自然と笑みが浮かんでくるのを感じた。出会ったときには、佳純とこでまりの間にはナチュラルな会話が交わされていたのに。つい笑ってしまったけれど、それはとても嬉しいことだ。こでまりのことを、もっと考えて欲しい。もっともっと知ってもらいたい。

「そうなんです。こでまりは人間の言葉がわかるんです。それで、私に話をしてくれるんですよ」

「へー」

心底から感心したという嘆息をして佳純はもう一度、咲良の腕の中を覗き込んだ。こでまりとしっかりと目を合わせる。

「良かったら、私の夫とも話してくれないかしら。猫が大好きなの」

「ん」

「いいよ、だそうです」

喜んだ佳純は、こでまりの靴下の前足を撫でた。

テーブルを挟んで佳純と向き合って、ドラッグストア・ワカバの年末大抽選会の話を聞いていると、衣装の着替えに行っていた美紗と、付き添いの父親が帰ってきた。佳純が満面の笑みで二人を迎える。

「修吾《しゅうご》、こちらがハロウィンのときに助けてくれた方。以前、話したでしょ」

美紗はいぶかしげに咲良を見ている。

「ほら、焼き芋屋さんの」

ぱっと笑顔になった美紗は、「こんにちは」と礼儀正しく挨拶をしてくれた。

「こんにちは、美紗ちゃん」

白いワンピースに天使の羽根をつけた美紗は、椅子に置いているコートを着ようと手に取った。

「美紗、羽根が潰れちゃうから」

佳純が言って、ストールを掛けてやっている。

「妻がお世話になったそうで、ありがとうございました」

修吾と呼ばれた父親が丁寧に頭を下げる。

「お世話なんてしてないですよ。それより、こでまりが迷惑をかけちゃって」

「こでまり？」

修吾が聞き返すと、美紗も首をかしげた。

「この子です」

立ち上がって腕を差し出してみせる。テーブルの陰に隠れて見えなかったこでまりの姿が目に入ると、修吾はパッと笑顔になった。子どものように無邪気で明るい、輝くような瞳をしている。

「かわいいですね！」

「ん」

「ありがとうって言ってます」

褒められて、こでまりはゆっくりと動いて、靴下の前足を見せてやった。

「ああ、靴下を履いてる。かわいいなあ」

「んな」

「自慢なの。触ってもいいよ、ですって」

咲良が伝えると、修吾は目を丸くして尋ねる。

「もしかして、猫語がわかったり……する？」

「はい。こでまりの言葉だけですけど」

顔の中心、鼻の頭から顔の外に向かって花が開くように修吾の表情が明るくなる。感激して言葉もない様子だ。

「お姉ちゃんは、妖精なの？　猫の言葉がわかるなんて」

美紗に尋ねられて咲良は微笑んで首を横に振る。

「ただの人間だよ。そうだなあ、こでまりはもしかしたら、妖精かも。人間の言葉がわかるから」

「もしかしたら、天使かもしれないね」

美紗の言葉は素直な気持ちを表しただけのものだったが、咲良の表情は硬くなった。

「こでまりは……、猫だよ。天使なんかじゃない」

そうだ。天になんて帰らない。

猫と話せる機会がやってきたことに感激しすぎて、修吾は口を開けなくなってしまった。熱のこもった目でこでまりを見つめているうちに、美紗のステージの時間がやってきた。

「みんなで『きよしこのよる』を歌うんだよ」

得意そうに胸をそらした美紗の衣装も羽根も、手が込んでいる。

「今日の催しには保護者がたくさん集まってくれて、私はほとんど動いてないんです。だから天使の羽根もゆっくり作る時間が取れたんです」

会心の出来らしく佳純は何度も美紗の背中を見つめている。その背中を優しく押してやると、美紗は「ちゃんと見ててね!」と言ってステージの方へ駆けていく。ステージ脇に集まった子どもたちを何人もの保護者が見守っている。天使の羽根をつけた子どもたちは、はしゃぎながらも一列に並んでステージに登った。修吾はこでまりに小さく手を振ってから、ステージ前の最前列に陣取って美紗に向けてカメラをかまえた。

子どもたちの歌声が広場に響く。それは本当に天使の歌声だった。すごく上手とは言えないけれど、幸せが胸に満ちてくる。ステージ前の父親、母親。我が子、我が孫を見るような気持ちで目を向ける通りすがりの人たち。興味も持たずに通り過ぎゆく人にさえ、子どもたちは祝福を贈る。楽しいという思いを目いっぱい撒き散らす。まるでポップコーンがはじけ飛んだときのような愉快な気持ちが飛んでくる。

「んな」

こでまりは楽しそうに目を細めた。

歌い終わって駆け戻ってきた美紗は、興奮で顔を赤くしていた。カメラマンに徹していた修吾が慌てて追いつくと、カメラを奪い取りそうな勢いで修吾の腕を引いた。

「パパ、動画見せて！」

「手を放してくれないと、再生できないよ」

ああだこうだと言い合いながら、美紗と修吾は撮ったばかりの動画を見だした。佳純もチラチラと視線をやっていたが、咲良が席を立とうとしていることに気付き、声をかけた。

「今日は、焼き芋屋さんは来てないんですか？」

焼き芋屋さんと聞きつけたこでまりが、耳をぴくりと動かした。咲良はちらっと視線を腕のあたりに落としたけれど、こでまりの顔は見ないふりをした。

「最近、遠くを回っていることが多いみたいです」

「そうなんですか。屋台の焼き芋も一度食べてみたいねって、みんなで話してたんですよ。今日みたいなイベントだと、よく売れるんじゃないでしょうか。今も近くには来ていないんですか？」

咲良は眉根を寄せたまま困ったような笑みを浮かべる。

「さあ、今どこにいるか……」

動画を見終わった美紗が、お行儀よく椅子に座り直しながら言う。

「電話してみたら？」

修吾もその意見に賛成のようで咲良に向けて言う。

「焼き芋の季節ですよねえ。今年はまだ食べてなくて」

春夏冬屋の商売繁盛は、なにより咲良の願うところだ。子どもの頃から馴染んだ味と耳慣れたベルの音。遠くからでも、その音が聞こえると胸が躍った。お小遣いを握り締めて家を飛び出す咲良のあとに、こでまりもついて走っていった。

あと何度、こでまりは春夏冬屋のベルの音を聞くことができるだろう。咲良は意を決して、コートのポケットからスマートフォンを取り出した。

「祐司くん。今から駅前広場に来られる？」

咲良がそれ以上話す必要はなかった。佳純の耳にも聞こえるほどの大声で返事があった。

「すぐ行きます！」

ラテンダンスでも踊っているのかと思うほど陽気な声だ。

「すぐ来るそうです」

どことなく青白かった咲良の血色が良くなったのを、佳純は優しく微笑んで見つめた。すぐと言った祐司は本当にすぐ、五分もせずに駅前のロータリーにやってきた。チリンチリンとベルを鳴らしてロータリーを一周すると、駐車許可を取っている、いつもの定位置に屋台を停めた。

ステージではひとつの演目が終わったところで、次の演目の準備が行われている。広場のスピーカーから流れるのは静かなBGMだけで人声もよく聞こえる。春夏冬屋の澄んだベルの音も広場に響く。咲良は佳純と連れだって春夏冬屋に歩いていく。ほかにも春夏冬屋に馴染みがあるのだろう、何人もベルの音に引き寄せられて広場を離れる人がいた。

「咲良さん、お久しぶりです」

声をかけたはいいのだが、屋台の前にはすでに客が並んでいる。祐司は接客にあたって、なかなか咲良に目をやることができない。それでもチラチラと視線が飛んでくる。咲良はどこか申し訳なさそうにしながらも、祐司を見ないように俯き加減になっていた。

「なん」

こでまりが促しても聞いていないふりで、ただ列に並び続ける。

順番がやってきて目の前に立った咲良を見て、祐司はひどくショックを受けた。動揺したことを隠せない。たった二週間かそこら顔を合わせなかっただけなのに咲良はげっそりとやつれていた。

「佳純さん、お芋、いくついりますか？」

驚く祐司と視線をそらし続ける咲良。二人の間に挟まれて居心地悪く感じていた佳純は、咲良に尋ねられてホッと息を吐く。

「三個ください」

二人の間のギクシャクした空気にあてられたのか、佳純は早口で注文した。

「芋は三種類ありますが、どうしますか」

「三種類とも、一個ずつで」

祐司もいつもの丁寧な接客ができなくなっていて、ばさばさと大きな音をたてて紙袋を扱っている。こでまりは咲良の腕の中で聞き耳を立て続けた。

「咲良さんも、どうぞ」

祐司は佳純に渡したものと同じくらいのサイズの芋を三種類、袋に入れて差し出した。

「今、受け取れないから」

咲良は、こでまりをぎゅっと抱きしめて、手を出そうとしない。

「なーん」

「ちょっと待っていてください」

そう言うと、祐司はてきぱきと行列の客をさばいていく。咲良はその隙に逃げ出そうとしたが、佳純が行く手に立ちふさがった。

「すみませんけど、ここで列に並んでいてもらえませんか」

「え？」

「もしかしたら、美紗が自分でどのお芋を買うか決めたいかもしれないなって思うんです。すぐに戻ってきますから、待っててください」

そう言い残して佳純はステージの方へ駆けていく。咲良は自他ともに認めるお人よしだ。頼まれたことを放っておけるわけがない。本当は逃げ出したいと思いながら、列の最後尾に並び直した。

少しずつ、少しずつ、また祐司に近付いていく。こでまりが祐司に会えと何度もせっついた通りになってしまった。こでまりが咲良の手を祐司に引き渡そうとしている。こでまりを抱くためだけにある咲良の腕を、祐司に託そうとしている。

咲良は耐えきれなくなって列から離れようと足を踏み出した。

「お待たせしました！」

全力疾走してきた修吾が息を切らして咲良の、いや、こでまりのもとへやってきた。

「こでまりちゃんは、焼き芋は食べるのかな。買ってあげようか？」

「なーん」

「食べないです」

修吾のテンションが少しだけ下がった。それでも傍《はた》から見ても浮かれていることは一目瞭然だ。

「じゃあ、私はもう行きますね」

「えっ！　もう⁉　こでまりちゃんも？　そんな、まだ全然話せてないのに」

「こでまりが疲れちゃって。帰って休ませないと」

それ以上、有無を言わさず立ち去ろうと踵《きびす》を返しかけたが、やっと修吾に追いついてきた美紗が咲良の前に立ち止まり、通せんぼする形になった。

「焼き芋、もう買った？」

美紗に尋ねられて、咲良はためらいながら、しぶしぶ首を横に振る。

「ママがね、お姉さんにも焼き芋を食べてって。美紗が美味しいお芋を選んであげるね」

そう言って、美紗は咲良のコートの裾をぎゅうっと握った。ああ、もう逃げられない。

咲良は恐れにも似た緊張を感じながら、祐司の前に立った。

「焼き芋、見せてください」

美紗の注文を受けて、祐司は焼き窯の蓋を開ける。立ち昇る湯気の甘い香りに美紗がわくわくした様子で「美味しそう」と呟く。美紗があれでもないこれでもないと検分している間に、修吾がこでまりと話しだした。

「こでまりちゃんは、何歳ですか？」

「ん」

「やっぱり大人気の、あの猫おやつは好き？」

「ん」

「かわいいなあ。マタタビは好き？」

「ん!!」

咲良を介さず猫と話している修吾は、コートの内ポケットから、小さな円筒形のプラスチック容器を取り出した。

「こでまりちゃんに、マタタビの粉をあげてもいいですか？」

猫が大好きなものを手品のように取り出した修吾に、咲良は驚きの視線を向けた。

「なんで、マタタビなんて持ってるんですか？」

照れ笑いを浮かべて修吾は答える。

「猫ちゃんに会えたときのために、いつも準備してるんです。ほら、食べ物をあげるわけにはいかないでしょう」

へえ、と感心する咲良の腕の中で、こでまりはマタタビの粉を待ち望んで目を細める。

「こでまりが欲しがってます」

「そうですか！　マタタビは滋養強壮にいいですからね。こでまりちゃん、どうぞ」

マタタビの粉を手のひらに少し振り出して、こでまりの鼻先に近付ける。こでまりは舌を伸ばして少しだけ粉を舐めた。咲良の胸が締め付けられるように痛む。大好きなマタタビを舐めても、こでまりは声も出さず、喉をごろごろ鳴らすことさえできない。深く沈んでしまった咲良に、美紗が元気よく、自分で選び出したとっておきの芋を差し出した。

「はい！　これが一番美味しいお芋だよ。たぶん」

「大丈夫。間違いなく、美紗ちゃんが選んだものが一番だよ」

行列がはけて咲良と会話する余裕ができた祐司がすぐ傍にやってきた。咲良はその場を離れたくてそわそわと落ち着きがない。

「お姉ちゃん、焼き芋」

美紗はぐいぐいと咲良のコートを引っ張る。

「えっと、あのね、お芋受け取れない。ほら、両手が埋まってるでしょう。こでまりを抱いてるから、それで……」

「こでまり、おいで」

咲良の言葉を遮って祐司が手を伸ばす。こでまりは、のっそりと身を起こした。咲良は思わずこでまりを抱き止めようとしたが、その気持ちをぐっと押さえ込む。こでまりがしたいようにさせてやる、行きたいところに行かせてやるのだ。そう決めたではないか。

祐司の腕の中に移動して、こでまりは深い呼吸で目をつぶる。落ち着いて居心地よさそうな様子を見て、咲良はほっと息を吐いた。咲良のコートを握ったまま離さない美紗から焼き芋を受け取った。だが、そのまま動かなくなってしまって焼き芋は冷めていく。動けない。咲良の腕は愛しい熱を失って凍えきってしまう。

美紗たち一家と別れて、咲良は屋台の傍に立ち尽くした。こでまりは祐司の腕の中から立ち上がる気はないらしい。こでまりから手を放さないことを優先して、祐司も仕事を放棄してしまった。じっと咲良を見つめている。顔を伏せた咲良は、美紗から貰った焼き芋の端を少し齧った。

「咲良さん」

呼ばれてびくりと肩が揺れた。

「クイズです。今日の芋の銘柄、わかりますか?」

いつもと変わらぬ銘柄当てクイズなのに、祐司の声は重く真剣だ。そっと目を上げると祐司は真正面から咲良を見つめていた。とても目を合わせることができない。今すぐにでも逃げ出したいのに、こでまりは祐司に抱かれたままだ。

「にー」

こでまりが答えた。咲良は答えない。祐司はそっと微笑を浮かべる。

「咲良さん。こでまりの答えが正解です」

小さく頷いた咲良に、祐司はこでまりを手渡す。戻ってきたこでまりを、咲良はぎゅっと抱きしめた。祐司がこでまりに尋ねる。

「こでまり、正解した記念にお願いをひとつ聞いてあげるよ。なにがいい？」

「なお」

祐司はにこりと咲良に笑いかける。

「こでまりは、なんと？」

咲良は観念して小声で答えた。

「私と一緒にいてやって」

こでまりは満足そうに目を細めて顔を伏せた。いつの間にかステージからクリスマスソングが流れてきていた。

祐司の祖父、達彦《たつひこ》のリハビリは順調に進んでいて、歩行器を使えばかなりの距離を歩けるようになっていた。

「祐司、頼みがあるんだが」

自宅療養に切り替えて家にいる達彦が、仕事から帰ったばかりの祐司に声をかけた。

「焼き芋を届けてくれ」

「どこへ？」

唐突なお願いに祐司は首をひねった。達彦はごく真面目に祐司を見上げる。

「すみれちゃんのところまで」

そう言えば、達彦を初恋の人だと言っていたという、すみれという女性が亡くなってから、もう半年近くも経っていたことを祐司は思い出した。

「わらび餅は食べてもらえたそうだが、すみれちゃんは焼き芋も大好きだったんだ。頼まれてくれないか」

「大丈夫だよ。けど、なんで突然、今頃？」

「もうすぐクリスマスだろう。すみれちゃんはクリスチャンだったから、お供えするならクリスマスがいいんじゃないかと思ったんだ」

達彦は真剣だが、祐司は首をひねる。

「クリスチャンの人のお墓にも、お供えはするんだろうか」

「知らん」

「知らないの？」

「知らんが、気は心と言うじゃないか」

どうにも意志が固い達彦の願いを叶えるために、祐司は達彦が厳選した、とっておきの芋を焼いて出かけることにした。

祐司が電話すると居留守を使う咲良も、達彦からの電話に出ないわけにはいかなかった。

「咲良ちゃん、墓参りに行ってくれ。祐司だけ行かせて、粗相があったら困るからね」

祐司が失敗することなど考えられない。けれど達彦からの頼みを断ることはできない。

両親亡き後、親代わりになって咲良を支えてくれた恩人だ。

祐司と待ち合わせた日、咲良はこでまりをマフラーで包み込み駅前に出向いた。

「寒くないですか、咲良さん」

この街には珍しく息さえも凍りそうなほど冷え込んだ日だ。なのに咲良はマフラーをこでまりに貸して、こでまりの体温を感じるために手袋もしていない。

「寒くないよ」

祐司と目を合わせないように下を向いて答えると、ふわりと柔らかなものが首に触れた。

驚いた咲良は顔を上げる。

「これは俺の宝物ですけど、特別に貸してあげます」

見ると、首に掛けられたマフラーは、昨年、咲良が編んでクリスマスプレゼントとして祐司に渡したものだった。

「宝物……?」

「そうです。一生の宝物です」

マフラーを丁寧に巻いて軽く結んでやると、咲良の目に、じわりと涙が浮いた。

「にー」

こでまりが祐司に声をかけた。目を細めて靴下の前足を差し出す。咲良に言われなくてもわかる。こでまりは褒めてくれている。祐司はこでまりの前足をそっと握った。

特急電車に乗って三つ目の駅で降りる。海が見える街だ。その街の高台にある墓所に、すみれは眠っているそうだ。葬儀後の追悼ミサの案内が来ていたが、達彦は一人で歩けない状態だったために参列はしていない。墓所に参りたいからと後日、場所を聞いていたそうだが、訪れるまでずいぶん時間が経った。祖父が一人で歩いて来るには、もうしばらく時間が必要だろう。それまでは自分が折々に訪ねるつもりだと祐司が言うと咲良は無言で頷いた。

墓地の管理事務所を訪ねると、ちょうど、すみれの家族が訪れていると知らされた。おおまかな場所だけ教えてもらって、墓地に足を踏み入れる。

台形の白い墓石が多い。十字架が刻まれているものが大半だが、聖書の言葉が彫り込まれているものも見受けられる。やはりクリスマス時期には墓所を訪れる人が多いと見えて、意味深く用意された季節外れの白百合《しらゆり》やマーガレットが供えられているところもあった。

しばらく進むと、ひとつの墓を掃除している三人の人影が目に入った。もう少し近付くと、すみれの家族であることが見えてきた。

「こんにちは、ご無沙汰しております」

祐司が声をかけると、少年が顔を上げて、ぱっと笑顔になった。

「焼き芋屋さん！　来てくれたんですか！」

布巾を持ったままの手を大きく振る。祐司も手を振り返して歩み寄る。

「祖父の遣いで参りました。こちらを預かっております」

提げてきた紙袋から、ケーキでも入っていそうな白い化粧箱を取り出して蓋を開ける。

大きな焼き芋が三つ、大切に詰められている。

「焼き芋？」

少年の父親が首をひねった。

「おばあちゃんが好きだった焼き芋だよ。夏にわらび餅を食べたでしょう。あの屋台の、おばあちゃんが好きだった人が焼いた焼き芋」

残念ながら焼いたのは祐司だったが、それは言わぬが花と、黙っておくことにした。

「お墓に供えさせていただけますか？」

父親はゆっくりと頭を下げる。

「ありがとうございます。母も喜びます」

掃除が終わるまで待って、家族が供えた百合の花の傍に、焼き芋の箱を置いた。

「私たちはクリスチャンではないのですが、お祈りしても良いものでしょうか」

一家は、にこにこと嬉しそうに頷いてくれた。祐司と咲良は跪《ひざまず》く。咲良はこでまりを抱いていて手を組むことができなかったが、心の底から、すみれの眠りが安らかであるようにと祈った。

立ち上がって、ふと、その祈りはいつか誰かがこでまりに向けることになるかもしれないと思う。腹の底に泥の沼があるかのような、不気味な腐臭が湧《わ》き出した。真っ青になって今にも倒れそうだ。祐司が肩を支える。少年の母親が心配して咲良の顔を覗き込んだ。

「あの、大丈夫ですか?」

「ええ、大丈夫です。ですが、申し訳ありません。彼女を休ませたいので、お先に失礼いたします」

丁寧に頭を下げた祐司と咲良を、一家は心配そうに見送ってくれた。

咲良が寄り道を嫌がったので駅に直行した。一刻も早く家に帰って、こでまりを隠したい。誰にも見せず、どこにも行かせず。そうすれば、こでまりはいなくなったりしない。いつまでも。根拠も理性もなにもかも消えてなくなったまま、咲良はその考えに縋りついた。こでまりは咲良から目をそらして祐司を見つめる。ただ、じっと見つめる。

「咲良さん」

咲良は隣に祐司がいたことを忘れ去っていたとはっきりわかるほど驚き、目を見開いた。

祐司はそんなことにはかまわない。咲良が思い悩むなら、いつまでだって黙って待っていられる。だが祐司は今、待たなかった。咲良は悩んでいるのではない。どこにも行けずに暗いところに沈んでいこうとしているのだ。

「クリスマスイブ、時間をください。俺をこでまりに会わせてください」

こでまりが「ん」と返事をした。こでまりが睨むほどに強い視線を咲良に向ける。その視線から逃げたくて、咲良は弱々しく小さく頷いた。

そうやって約束をしたというのに、翌日からも咲良は変わらず祐司を避け続けた。クリスマスイブまで、まだまだ時間があると自分に言い聞かせて。こでまりだけを見て、こでまりとだけ話して、静かに過ごしていられる日は、まだまだある。それをこでまりが望んでいないことはわかりきっているのに、咲良は気付かないふりをした。


「やあ、咲良さん。こんにちは」

公園の遊歩道を歩いていると後ろから声をかけられた。振り返ると公園管理職員の澤《さわ》がほうきを持って立っていた。防寒用の制服を着込んでいるが、それでも寒そうに首を竦めている。

「こでまりさんも、こんにちは。寒いねえ」

こでまりは視線だけで挨拶する。咲良は、おずおずと会釈を返した。

「事務所に寄って、温まっていきませんか」

こでまりは澤についていけと目顔で示すが、咲良はじりじりと後退る。

「あの、ちょっと用事があって」

「なーん」

「そうですか。加納《かのう》さんも来ているんですが、残念です。きっと会いたがると思いますよ」

「んにゃ！」

こでまりが亜希《あき》に会いたいと大きな声で鳴いた。元気な声を聞いたのは、どれくらいぶりだろう。掠《かす》れてもいない、呟くようでもない、快活なこでまりの声を。

「行きます！」

咲良は思わず叫んだ。

管理事務所のドアを開けると、テーブルに山と積まれたミニドーナツを、亜希が熱心に見つめていた。入ってきたのが澤だけではないと気付くと、椅子を鳴らして立ち上がる。

「咲良さん！」

テーブルを回り込んで駆け寄ってきた。

「会いたかった！　話を聞いて欲しくて」

人が変わったかのように、亜希はとても明るい。よほど良いことがあったのだろう。

「こでまりも、聞いて」

「ん」

興奮して顔を赤くしていた亜希が、こでまりを見て、動きを止めた。じっとこでまりを見つめる。こでまりも見つめ返す。

「病気が、悪くなったの？」

「ん」

咲良は亜希の目からこでまりを隠すように、腕をぎゅっと胸に引き寄せる。亜希はこでまりの病気の深刻さを慮《おもんぱか》ってくれた。そっと咲良から距離を取って、静かに話し始める。

「あのね、私、友達ができた」

澤はにこやかに頷き、テーブルに置いてある急須でお茶を淹れる。こでまりが「にゃ」とお祝いを口にする。

「おめでとうって言ってる」

「ありがとう。咲良さんとこでまりのおかげ。それと、澤さんと」

「いやいや、私はなにも」

照れ笑いしながら茶碗を温めている澤に笑顔を向けてから、亜希はふと言葉を継いだ。

「そうだ、焼き芋屋さんにもお礼を言いたいな。今日は一緒じゃないの？」

ぎくりと体をこわばらせた咲良に、亜希は遠慮がちに尋ねる。

「ケンカした？」

「なーん」

梅雨どきに会った折に、こでまりからさんざん「なーん」と言われた亜希は、それが「違う」と言っているのだと覚えていた。

「焼き芋屋さんは、忙しいの？」

「なーん」

亜希は小さく息を吸って、止めて、覚悟を決めて尋ねる。

「別れちゃった？」

「別れてないです。付き合ってないから」

咲良は皮肉を言うように唇を曲げて笑う。

「私は昔、祐司くんの家庭教師だった。それだけなの」

こでまりが「なーん」と言うが、咲良はもう口を開く気はないと項垂れた姿で示した。

「お茶にしましょうか」

澤が茶碗と自分の湯呑みをテーブルに揃える。亜希がミニドーナツを三人に分けた。

「そうそう。こでまりさんには、これをプレゼントしないとね」

澤が事務机の引き出しから猫用おやつを取り出すと、こでまりの耳がぴくりと動いた。こでまりが食欲を感じさせたことで咲良の頬にかすかな微笑が浮かぶ。

咲良に抱かれたままのこでまりの鼻先に、澤が封を切ったアルミパウチを近付けると、こでまりはゆっくりながらも、目を細めて嬉しそうにおやつを舐めだした。澤はもちろん亜希も明るい表情でこでまりを見守る。

ところが、三口ほど舐めただけで、こでまりは食べたものを吐き戻した。

「こでまり⁉」

形がそのまま残っている猫用おやつが真っ赤に染まっている。

「血、血だ」

亜希が慌てて立ち上がる。咲良は自分の腕に付いた真っ赤な吐瀉物《としゃぶつ》を見下ろして呆然となった。

「咲良さん、かかりつけの動物病院はありますか」

澤に聞かれて、咲良は何度も頷く。

「電話して、先生にどうすればいいか聞きましょう。大丈夫、落ち着いて」

それでも混乱してうまく動けない咲良からスマートフォンを借りて、澤が動物病院に連絡してくれた。医師からすぐ連れてくるようにと言われ、咲良は管理事務所を飛び出す。

「待って、咲良さん！　タクシーを呼ぶから！」

亜希が追ってきて咲良の肩を摑む。振り返った咲良は、目にいっぱい涙を溜めていた。

三十分後。咲良は、動物病院の待合室のソファに横になっていた。病院にこでまりを連れてくるだけで緊張が限界に達し、へたり込んでしまったのだ。立ち上がれず、こでまりに付き添って診察室に入ることができなかった。

「咲良さん！」

名前を呼ばれて振り仰ぐと、祐司が咲良のもとに駆け寄ってきた。

「祐司くん……、なんで」

「澤さんから連絡を貰いました。こでまりは？」

咲良は震える指で診察室のドアを示す。

「中に入れないんですか？」

頷いたような、首を横に振ったような、どちらとも取れる動きをする咲良のために、祐司は受付に向かった。

「こでまりの診察はどうなっていますか、診察室には入れませんか？」

受付の女性は診察室を仕切っているカーテンを少しだけ開いて、様子を窺う。

「入ってもらって」

医師にも聞こえていたらしく診察室へ招かれた。祐司は咲良を支えてドアを開けた。

「こでまり……」

診察台の上にぐったりと横になったこでまりの前足に点滴のチューブが繋がっている。

咲良には、人間用の点滴チューブと同じくらいの太さに見えた。痩せてしまって小さく小さくなったこでまり。その細い前足に刺された針はどれだけ大きいのだろう、どれだけ痛いのだろう。

両手で口を覆った咲良は、また倒れそうになる。祐司がしっかりと肩を抱き、なんとか診察台に歩み寄ることができた。

「こでまり」

声をかけると、こでまりはつぶっていた目をうっすらと開けた。

「ん」

消え入りそうな声で、それでも咲良を安心させようと話しかける。咲良は手を伸ばしてこでまりに触れた。柔らかだった体は、今は骨と皮ばかりで、軋《きし》む音をたてそうなほど硬くなってしまっている。

医師が淡々と告げる。

「吐いた血は口内炎のものです」

ほっとした咲良の力が抜けて、診察台に手をついた。

「ただ、病状は進んでいます」

医師は咲良を見つめて言い淀む。こでまりは話さず、普通の猫のふりをしていた。

「長くて今年いっぱいと思っていてください」

医師の言葉を聞いた咲良の顔色が蒼白になる。

「こでまり、ねえ、嘘よね？　冗談だよね？」

「なーん」

こでまりの言葉を咲良は受け入れられずに、ぶるぶると震える。

「て、点滴を続けたら……。そうだ、お薬はないんですか？」

医師は黙って小さく首を横に振る。咲良はほとんど声にならない小さな声を漏らした。

「今年いっぱい……、今年が終わるまで……」

咲良は口を開くこともできず、視線だけで懇願《こんがん》する。少しでも長く傍にいて。一分でも一秒でも一緒にいて、と。消え入りそうな声で、こでまりは言う。

「なーん」

こでまりの意志は固い。咲良をじっと見つめて繰り返す。

「なーん」

「こでまり、傍にいて。ずっと傍にいて」

咲良の言葉に答えはない。

「いつまでも、ずっと散歩しようよ。だから、こでまり」

黙って診察台に頭を預けたこでまりは「もうなにも言うことはない」と、無言で目をつぶった。

こでまりを連れて帰ろうと診察台から抱き上げると、医師に声をかけられた。

「キャリーバッグを使った方がいい。抱いていくより体に負担が少ないから」

病院の備品を貸してあげると言われたが、こでまりは「なーん」と言う。

「こでまりの居場所は、私の腕の中です」

咲良は先ほどまでとはすっかり違う、しっかりとした視線で力強く宣言した。


こでまりは街を見たいと言った。咲良と祐司は、ゆっくりと歩きだす。

「ねえ、祐司くん」

「なんですか、咲良さん」

呼びかけたのに咲良は、それ以上、なにも言わない。ただ、こでまりを見つめている。前すら見ないで夢遊病者のようにぼんやりと、ただ歩く。祐司は咲良の肩を抱いて、かばいながら道を進んだ。

こでまりは眠っているのか、目をつぶったまま動かない。薄い腹が上下して呼吸していることはわかる。咲良はその呼吸に合わせて、一歩一歩足を踏み出す。まるで重い十字架を背負っている人のように。行く先には苦難しかないと思い知っているのに、立ち止まることを許されないかのように。

「祐司くん」

「なんですか、咲良さん」

顔を上げて祐司を見上げた咲良は、昏い目で笑う。

「こでまりと、ずっと一緒にいてね」

祐司は深く頷いた。


一日が光の速さで過ぎる。それなのに胸苦しさは、永遠に続くかのように付きまとう。たびたび、ぼんやりと動かなくなる咲良を、祐司は自宅に連れ帰った。家庭教師のために週に一度は通った馴染み深い居心地のよい家。祐司の両親も祖父の達彦も、咲良を歓迎してくれた。家庭教師時代に咲良が一緒に連れてきていたので、こでまりのことも知っている。咲良がこでまりと話せることも、みんな薄々とは気付いている。それでも黙って見つめている。祐司が今のように育ったのは、この家族の思いやりの深さゆえだろう。

祐司はずっと咲良とこでまりと同じ時間を過ごしていた。どこに行くのも一緒だ。毎日の公園の散歩も、こでまりが好きな川辺の花壇も、賑わう駅前のクリスマスマーケットへも共に行く。とくにクリスマスマーケットは最近のこでまりのお気に入りだった。毎日、愉快なクリスマスソングを耳にしていた。

「先生！　こでまり！」

夜闇にライトが眩しい広場のテントを眺めて回っていると大きな声で呼び止められた。

見ると、利発そうな男の子が駆け寄ってくるところだった。

「やっぱり、こでまりだ！　小さいね、白黒だね、かわいいね」

咲良は声をかけてきたのが誰だかわからず、首をかしげた。

「なん」

視力が落ちてしまったこでまりには、近くにやってきた由樹《よしき》のにおいが、強く懐かしく感じられた。

「え、由樹くん？」

由樹はすっかり背が伸びて、顔立ちもしっかりとして、聡明さを感じさせる。

「あ、焼き芋屋さんもいた」

やっと気付いてもらえた祐司は、優しい笑顔を由樹に向けた。

「こんばんは、由樹くん。今日はお父さんと一緒なのかな」

「ううん。お父さんは、お母さんとデートなんだ」

母親の病気は無事治ったのだなと思うと祐司は心晴れやかになった。こでまりも安心したようで「ん」と言う。咲良だけが少し寂しそうな顔をした。誰かの病気が治ったことを、今は素直に喜べない。祐司は膝を曲げて由樹と視線を合わせる。

「由樹くんは一人で来たの？」

「まさかあ。僕はまだ五歳だから、一人で遊びに行ったらだめなんだよ」

たった一歳、たった一年。わずかに歳を重ねただけでも子どもは大きく成長するらしい。

「お姉ちゃんと家庭教師の先生と一緒に来たよ」

由樹が振り返って指さす先に、赤いコートを着たかわいらしい少女と、彼女に寄り添う青年の姿があった。公園で由樹と初めて会ったとき、父親が娘の家庭教師のことを好もしく思っていない様子だったのは、二人のこの距離感のせいなのだろう。

「お父さんがね、僕を一緒に連れていってあげてって先生にお願いしたんだよ」

「由樹くんのお父さんは、お姉さんたちを二人だけにしたくないんでしょうね」

祐司がこっそり咲良に耳打ちしていると、由樹が首をかしげた。

「ひそひそ話？　二人は仲良しだね。お姉ちゃんと先生もいつもひそひそ話してるんだ」

どんな話をしているのか、由樹は気付いているようで「お父さんにはないしょだよ」と祐司と咲良に釘をさした。

ひとしきり、こでまりの頭を撫でると、由樹は父親から課せられたお目付け役を果たすべく、姉と家庭教師のもとへ駆け戻っていった。二人の間に割り込んで、それぞれの手を握る。家庭教師と由樹の姉は目くばせし合って、素知らぬふりで由樹の手を握り返す。三人は仲良く並んでツリーの方へ歩いていった。

「ん」

こでまりが言うと、咲良はきょろきょろと空いている席を探し始めた。揃って視線を動かしながら祐司はこでまりに尋ねる。

「お腹が空いたのかな？」

「ん」

そう答えてみせたが、こでまりの食欲はここ数日で完全に失せていた。水を飲むこともできなくて苦しそうにする。咲良ができるのは水を含ませた布で口を湿らせてやることだけだ。こでまりの言葉は咲良に食事をさせようという気遣いだ。咲良もそれはわかっている。けれど、どうしても、食事が喉を通らない。それでも食べ物を口に押し込まなければならない。咲良を見つめているこでまりのために。

駅からもツリーからも遠く人けがないあたりのテーブルが、ひとつ空いていた。祐司と咲良が椅子に腰かけようとしていると、こでまりが鼻先を小さく動かす。なにか、におうのだろうかとあたりを見回すと、紺色の暖簾が掛かっているキッチンカーがあった。

「おでん、おはぎ」

思わず咲良が読み上げた。咲良の声は掠れて弱々しかったけれど、驚きのために悲しみを忘れてくれているようだ。たった一瞬であっても咲良の気持ちが揺れたことを、こでまりも祐司も、心の底から喜んだ。

祐司はキッチンカーを覗きに行った。店主はいない。

「留守ですね」

苦笑いしながら祐司は咲良のもとに戻ってきた。咲良が、ぽつりと言う。

「お花見のときも、無人だったんでしょ」

「ええ。不用心なところ、変わっていないみたいですね」

「すみません！　お待たせしました！」

遠くから声が聞こえて振り返ると店主がものすごいスピードで駆けだした。その瞬間、店主が握っているソフトクリームのコーンから、クリームだけが地面へぼとりと落ちた。

「あああああ！」

とんでもない大声で嘆き悲しむ店主の様子は、まるで大切に育て上げたバラの花を踏み潰したかのような悲痛なものだった。かわいそうなのだが、祐司はこらえきれずに吹き出した。つられて咲良も笑みをこぼす。こでまりは咲良を見上げて満足そうに目を細めた。

「いや、お恥ずかしいところをお見せしちゃって。すみませんでした」

店主は祐司のおでんと咲良のおはぎを、注文口のカウンターに出しながら、何度目かの詫《わ》びを口にした。

「大丈夫ですよ。店長さんが大慌てしたことは、お客様には秘密にしておきますので」

祐司がからかい半分で言うと、やっと店主は「えへへへ」と笑った。

「お茶をどうぞ、口止め料です」

店主はサービスのお茶を載せたお盆に、おでんとおはぎも並べて載せてくれた。

「イリコを持ってきていれば良かったなあ。こでまりさんに会えるとは思わなくて」

一度会っただけなのに、こでまりがイリコを好きなことを覚えていてくれた。咲良は胸の底に温かいものが、ほわんと生まれたのを感じた。

「あのときは、こでまりさんに招き猫をしてもらえて、本当に助かりました。ありがとうございました」

テーブルに戻った咲良と祐司と並んで、店主も椅子に座り込む。まるでお花見のときに戻ったみたいだ。咲良はほうっとため息をつく。満開の桜、賑わう花見客。閑古鳥《かんこどり》が鳴くキッチンカーのため招き猫として活躍したこでまり。あの春はなんと楽しかったことか。

「こでまりさん、痩せましたね」

ぽつりと店主が呟くと、こでまりは目を細めて「ん」と言う。できるだけ元気に見えるようにと尻尾を軽く振ってみせる。店主はこでまりの気遣いに微笑を返した。

「そうそう。あの後からですね、招き猫を店に導入してみたんですよ。こでまりさんから教わったことを実践しようと思って」

「こでまりに教わったこと？」

なんのことだろうと、咲良は首をかしげる。店主は席を立ってキッチンカーの奥の棚から、大きな猫のぬいぐるみを抱えてきた。まるで産まれたての赤ん坊を抱いているみたいに、大事に大事に両腕で包み込んでいる。

「人を好きでいること」

椅子に腰かけて、ぬいぐるみの猫の前足で、おいでおいでと招いてみせる。白黒のぬいぐるみの前足には白い靴下模様がある。

「好きだという気持ちを伝えること」

ぬいぐるみを膝に下ろして、店主はこでまりを見つめた。

「こでまりさんのように話をしてはくれませんが、お客さんがこの子を好きになってくれると、どれだけ嬉しいか、どれだけお客さんに感謝するか。こでまりさんに会うまで知らなかったんです、私の料理を好きになってもらう嬉しさを」

店主の笑顔はとても明るい。こでまりは小さな声で「ん」と言ってやる。教師が生徒を褒めたようだった。

「えへへへ」

すっかり優等生になった店主へのご褒美に、こでまりは靴下の前足を見せてやった。

こでまりが眠ってしまったので、食事を終えてもしばらく座り続けた。招き猫をカウンターに置いたおでんのキッチンカーには客がやってきて、店主が忙しそうにしている。キッチンカーから漏れる橙色の灯り。その光に照らされながら料理を待つ人の影は暖かそうな色をしている。

「祐司くん、私のことはいいんだよ。知らんぷりして、放っておいて」

咲良がふいに、ぽつりと言った。

「こでまりを見て、こでまりのことだけを覚えていて」

今にも消えてなくなりそうな弱々しい声。腕の中のこでまりに向ける視線も力なく、本当はなにも見ていないのではないかと思える。大切なこでまりさえも見ていないのでは。

祐司は手を伸ばして、こでまりの前足に指先だけでそっと触れた。眠りを邪魔しないようにそっと。けれど、指先でこでまりを記憶しようとしているかのように、しっかりと。

咲良には祐司の優しさが宝物に見えたのに心を閉ざして見ないふりをする。

「こでまりを見るときに、咲良さんを見ないことなんてできないですよ。咲良さんがいなければ、みんな、こでまりには出会えなかった」

そんなのは嘘だ。こでまりはいつだって自由に誰にでも会いに行ける。

「咲良さんがいるから、こでまりのことを覚えていられるんですよ」

それも嘘だ。こでまりは、誰のことも愛して誰からも愛されて、自分なんかいなくても、みんなが覚えていてくれる。自分のことなんか忘れて、こでまりのことだけを覚えていてくれる。こでまりのことを、永遠に。

「咲良さんがいるからみんな……」

祐司は言葉を切った。一瞬、手を引こうとしたけれど、こでまりを撫でていたその手で咲良の指に触れた。二人の距離は近いというのに、視線はすれ違っている。しかし祐司が見つめる先には咲良がいる。これからも、いつもずっと、今までと同じように。

「咲良さんがいれば、こでまりのことを思い出します」

なんと言えばいいのか、咲良にはわからない。もう頭は働いていない。咲良の手に負えないときには、こでまりは必ず助けてくれた。今までは、必ずそうだった。けれど、こでまりは口を開いてはくれない。

「こでまり」

呼びかけると、こでまりは薄く目を開けた。こでまりはなにも見ていない。咲良のことも見えていないようだった。ただ眩しそうに目を細めて、また静かに眠る。

香川《かがわ》一家が咲良のために用意してくれた部屋へ、祐司が朝一番にやってきた。

「咲良さん」

呼んでも返事がない。こでまりが起き上がったときに自由に歩けるようにと、咲良がいつも半開きにしているドアから室内を覗く。咲良はストーブの傍に設《しつら》えた猫用ベッドに向かって座り、動けないこでまりの口に水を含ませているところだった。こでまりだけに集中して祐司のことには気付いていない。祐司は咲良の隣に腰を下ろした。

「おはよう、こでまり」

祐司が声をかけても、こでまりからはなんの反応もない。起きているのか寝ているのかもわからない。だが咲良は我に返って、突然現れた祐司に驚き、びくっと身を竦めた。

「いつからいたの?」

「今ですよ。おはようございます、先生」

先生と呼ばれて、咲良はふと気付いた。この部屋は祐司の父の書斎だが、家庭教師を迎えるために勉強部屋として開放されたのだった。この家の中で咲良がもっとも馴染んでいて、居心地がよいと思えるであろう場所。勧められるままに、ぼんやりと居続けていたが、香川一家の温かな気遣いを初めて意識した。いや、本当は昔からよく知っていた。けれど今、こでまりのことしか考えていない咲良には感じとれなかったのだ。

「ありがとう、祐司くん。思い出せたよ」

祐司は首をかしげる。

「なにをですか?」

咲良は微笑で答えようとしたけれど、悲しみに支配された体は思う通りに動いてはくれなかった。それでも祐司は咲良の気持ちをしっかりと受け止めてくれた。咲良に微笑みを返してくれる。

「今日の約束、覚えていますか?」

「約束？」

ぱちぱちと瞬きする咲良が約束を完全に忘れているのだとわかっても、その戸惑った表情を見るだけで祐司の胸は暖かくなった。笑っていなくてもいい、幸せそうでなくてもいい。ただそこにいてくれるだけでいい。どんな咲良も、祐司の大切な咲良なのだから。

「今日はクリスマスイブですよ」

しばらく考え込んでいた咲良は「あっ」と言って、猫用ベッドごと、こでまりを静かにそっと祐司の方に近付ける。

「こでまりに会いたいんだったね」

すみれの墓所を訪ねた日に約束をしたときとは少しばかり事情も変わった。咲良とこでまりに毎日会えるようになって、クリスマスイブの意味合いも変化した。咲良の傍にいるようにと、無言のこでまりから託された重要任務を、最初は重責と感じていた。けれど今は、咲良とともにこでまりを愛していられることがこの世で最高の幸福だと思っている。たとえそれが、どれだけ短い時間であったとしても。

「でも、いつでも会えるのに、なんで今日なの？」

「慌てんぼうのサンタクロースがやってくるからです」

祐司は背中に隠していた大きな紙袋を咲良の目の前に差し出した。

「少し早いですが、クリスマスプレゼントのお届けです」

受け取って、咲良が紙袋の中を覗くと、小さな箱と細長い円筒が入っている。どちらもクリスマスに相応しい赤い包装紙と緑のリボンでラッピングされていた。

「箱の方はこでまりに。長い方は咲良さん宛てに、サンタクロースが運んできました」

しばらく紙袋の中をじっと見つめていた咲良は、両手を差し込んで二つの包みを一緒に取り出した。筒の長さは三十センチほど、卒業証書が入るくらいのサイズだ。箱の方は直方体で、大きめの缶詰めでも入っていそうだ。咲良は筒を床に置いて、箱に掛かっているリボンをほどいた。出てきた箱は透明で、中にもうひとつ、細長いドーム状のガラスケースが入っているのが見える。

「クリスマスツリー?」

箱から取り出してじっと見つめていると、祐司が手を伸ばしてドーム型のケースの土台に付いている小さなボタンを押した。緑色のクリスマスツリーが光って色を変えた。白く光れば雪をかぶったように、赤く光れば夕焼けどきを思わせる。青い空をうつしたような光、昼の太陽のような黄色のきらめき。

「こでまりにきれいなものを見て欲しくて」

キラキラ光るクリスマスツリーを、咲良はこでまりのベッドに寄せて置く。こでまりがうっすらと目を開けた。緑、赤、白、青、黄色。華やかな光がこでまりの瞳に映る。視力が落ちてしまったこでまりにもツリーの光は、はっきりと見えた。その美しさ優しさに、こでまりは喉をごろごろと鳴らす。ほんの短い時間だった。聞こえるかどうかという小さな音だった。けれど、こでまりは確かに喉を鳴らした。咲良の目に涙が浮かぶ。

「きれいだね、こでまり」

「ん」

咲良はこでまりの瞳を見つめた。こでまりは、またすぐに目を閉じてしまう。瞼の裏に隠れても、こでまりの瞳の輝きは咲良の、そして祐司の、痛む心に深く染み入った。

クリスマスツリーの光を消すことなどとてもできなくて、咲良はいつまでも、ピカピカと色とりどりに照らされているこでまりを見つめ続けた。祐司はこでまりの前足を見つめていた。こでまりが安らかに眠る姿を目に焼き付けようとして。

「これは、なに？」

突然思い出したかのように、咲良が筒に手を伸ばす。祐司が答えるよりも早く、リボンをほどき、包装紙を取る。現れたのは、くるくると巻かれた紙の束。咲良はゆっくりと、丁寧に開いて紙を伸ばす。

「カレンダー？」

そのカレンダーは木曜日から始まっている。来年の一月一日と同じ曜日だ。紙の枚数は市販のものと同じ、十二枚。けれど月々の数字は普通のカレンダーとは違っていた。

「来月が十三月って……」

祐司は、そっとこでまりの靴下の前足に触れた。

「こでまり、今年いっぱい、いっしょにいてくれ。十三月も十四月も十五月も、ずっと」

咲良が祐司の手をぎゅっと握る。そのまま、こでまりの体に優しく覆いかぶさった。

「一緒にいようね、こでまり」

眠っているこでまりが寝言だろうか「ん」とかすかな声を漏らした。

十三月の子猫

朝起きてすぐラジオをつけると、いつもの番組のパーソナリティが今日も大雪だと伝えていた。この街には珍しく、もう十日ほども雪が降り続いている。

咲良《さくら》は今朝も、ふらふらと那珂親水公園《なかしんすいこうえん》に歩いていく。こんもりと積もったベンチの雪を手で払い、座面を拭こうとハンカチを探す。両手で探ってみてもコートのポケットにハンカチは入っていない。祐司《ゆうじ》が持ってきたハンカチでベンチを拭いてやると、咲良はすとんと座り込んだ。

寒さのせいだろうか。早咲きのはずの梅はまだまだつぼみのままで、雪に覆われた公園には、においというものが感じられなかった。しんしんと雪が降り積む公園に人けはない。黙って座っていると、頭に、肩に、雪が積もっていく。

咲良は白いコートの袖に顔を近付ける。時間をかけてじっくりと観察していく。目当てのものを見つけると、指先で丁寧につまんでそっと宙にかざす。白い猫毛。ハンカチを探してポケットを探る。祐司は、ベンチを拭いたものとは別の、紺色のハンカチを差し出す。咲良は受け取ると、柔らかな猫毛をハンカチで包んだ。

公園に足を運ぶ咲良に祐司は毎日ついて歩く。ハンカチは必ず二枚準備する。もう何枚のハンカチを咲良に差し出しただろうか。いくらつまんでも咲良のコートには白い猫毛が付いている。まるで咲良が猫に変わっていっているみたいではないかと祐司は思う。

ひとしきり猫毛を集めると、咲良は立ち上がって遊歩道を歩く。ふらふらと足元が危うい。祐司は咲良の手を引いてやる。冷えきってしまった咲良の手を、しっかりと握る。

公園を一周して出口までやってくると、咲良は立ち止まってしまう。公園を出てどこへ行けばいいのかわからずに戸惑っているのが、手に取るようにわかる。

道には轍が何本も刻まれている。咲良はどこにも行けないというのに、雪は降りやまないというのに、轍だけが黒々と延びている。

「咲良さん」

祐司が呼んでも咲良は返事をしない。

「帰りましょうか」

握っていても、咲良の手は冷たいままだ。

咲良はずっと香川家にいる。こでまりがいないのに、こでまりがある自分の家になど帰れるはずがない。

こでまりが香川家にいたのは、ほんの短い間だった。それなのに家のあちらこちらから、こでまりの毛が出てくる。咲良は猫毛を見つけてはハンカチに挟む。こでまりは白黒なのに、なぜか見つかるのは白い毛ばかりだ。まるで、こでまりが靴下の前足を咲良のために見せてやっているかのようだと祐司は思う。

クリスマスツリーは、こでまりの遺骨と一緒に咲良の家に運んで、光らせたまま置いてきた。今でもまだ光っていて、こでまりが目を細めて見つめているような気がする。祐司でさえそう思うのだ、咲良はより強く思っているのかもしれない。咲良はいつも部屋のドアを半分開けている。こでまりがいつでも入ってこられるように。

家に帰ると、祐司は咲良を部屋まで連れていく。咲良はカレンダーにバツ印を付ける。今日は十三月十二日。世間では成人の日だと、お祝い気分の人が多いようだ。公園への行き帰り、振り袖姿の女性を何人か見かけた。けれどおそらく咲良の目には入っていなかっただろう。いつになったら咲良はこちらの世界に戻ってきてくれるだろうか。思わず漏れ出そうになったため息をぐっと呑み込んで、祐司は部屋を出ようとした。

「あと何日待ったら、こでまりに会えるかな」

咲良の呟きは、本当に本当に小さかったけれど、祐司の耳にしっかりと届いた。まるで猫の聴覚を借りたかのように、はっきりと。カレンダーを剝がすべきだろうか。そうすれば咲良は新しい年に踏み出せるだろうか。それとも、終わらないカレンダーを作り続けるべきだろうか。どちらとも決めかねて祐司は立ち尽くした。

那珂親水公園の遊歩道には雪が積もっていなかった。道の周りはこんもりとした雪景色だというのに。なにか工夫がされているのだろう、歩きやすくて助かる。祐司は公園を設計した名も知らぬ人に感謝する。咲良が雪に足を取られることなく歩けるのは、本当にありがたい。そう思うほど咲良の足取りはふらついていた。

いつものベンチに、いつものように座る。白いコートからは今日も猫毛が見つかった。

「あ」

咲良が目を丸くする。指先につまんでいるのは、初めて見つけた黒い猫毛だった。

「ねえ、こでまり。ほら、見て」

思わずだったのだろう。咲良は自分の膝に視線を落とした。そして静かに目をつぶる。

達彦《たつひこ》のリハビリは順調そのものだ。十二月には歩行器がなければ覚束なかった足取りが、十三月の半ばになると、ほとんど一人で歩けるようになっていた。

「咲良ちゃん」

達彦がやってきたとき、咲良は祐司の肩に頭を預けて、うつらうつらしていた。

「あー……。俺は邪魔かな?」

そう言った達彦に、祐司は微笑んで首を横に振ってみせた。達彦は小さく頷くと部屋に入ってきて、咲良の前に膝をつく。そこから苦労して足を崩して床に座り込んだ。

「ふー」

立ち座りには、まだまだ苦労するようだ。深い息を吐いている。

「祐司、お前、仕事は大丈夫なのか？　顧客が減りはしないか」

咲良を起こさないように、ほとんど吐息かと思うような小声だ。最近の祐司の聴覚の鋭さを知っている達彦だからこその声量だった。

「どう思う？」

逆に祐司に尋ねられて、達彦は深く頷いた。

「自分の生き方に文句はないんだろうな。一番大切なものをあきらめないのは、お前らしいと思うよ」

他人事のように言って、達彦はまた深い息を吐いた。

「これを咲良ちゃんに見せていいかどうか、正直迷っててな」

差し出されたチラシを受け取って、祐司はじっと見つめる。表情が消えてしまって、ぴくりとも動かない祐司は、石像かなにかのようだ。

「今は、やめておいた方がいいだろうね」

祐司はペット専門墓地のチラシを達彦に返す。

「そうか。良かったよ、お前がいてくれて」

ふっと、祐司は皮肉な笑みを浮かべた。

「俺はなんの役にもたたないよ」

肩にもたれる咲良を見つめる祐司の表情は優しいけれど、瞳には暗い翳が潜んでいた。

そんな目を見ても元気や明るさを無理強《むりじ》いすることなく、達彦は穏やかでいてくれる。

「役になんかたたなくていいさ。お前がいてくれて、良かったよ」

達彦はまた長い時間をかけて苦労して立ち上がった。祐司は何度か手を貸そうとしたのだが、達彦は首を振ってとどめた。それは自分のリハビリのためというより、眠っている咲良を起こさないためだったのだろう。


黒い猫毛を見つけた日から、咲良はますます喋らなくなった。

「咲良さん、帰りま……」

祐司が公園の遊歩道を何周もする咲良を止めようとしたとき、どこか遠くから、か細い声が聞こえた。

「猫ですね」

祐司が言うと、ものすごい勢いで咲良が顔を上げる。

「どこ⁉」

異様に聴覚が鋭くなっている祐司に届いた声は、咲良には聞き取れない。あたりを見渡してもどこまでも雪が積もっているだけだ。咲良は祐司の腕に縋りつく。

「どこ⁉」

「あちらから聞こえます」

祐司は冷静に咲良を導く。

近付くにつれて、咲良にも猫の鳴き声が聞こえてきた。遊歩道の脇、咲きこぼれんばかりの寒椿の垣根の奥からだ。

咲良は積もった雪に両手をついて垣根の下に頭を突っ込んだ。

「祐司くん！　あそこ！」

慌てて祐司も咲良の隣に膝をつく。垣根の下を覗き込むと、小さな段ボール箱が見えた。その中から猫の声が聞こえてくる。

「祐司くん！」

手を伸ばしても小柄な咲良には遠く届かなかった距離を、祐司の手はやすやすと超えて、段ボール箱に届いた。引き寄せると、猫の鳴き声はより大きくなる。咲良が祐司を押しのけるようにして段ボール箱を抱き寄せた。

「こでまり！」

段ボール箱の中で鳴いている目も開かない子猫は、茶色のトラ模様《もよう》をしていた。白黒でも、口元にマスク模様があるわけでもない。靴下も履いていない。

「こでまりじゃ……ない」

咲良はぺたりと座り込んだ。

子猫は生後二週間も経っていないだろうと医師が言った。祐司が咲良を家に置いて、一人で動物病院を訪れたのだが、医師も受付の職員も祐司のことを覚えていてくれた。そうして、咲良のことを心配してくれた。

子猫専用のミルクを買って帰る。家に戻り、子猫を出そうと箱を覗いて気付いた。それは、こでまりのクリスマスツリーが入っていた箱だった。

「祐司くん」

咲良がリビングにやってきたのは午前二時過ぎ。祐司は子猫にミルクを与えていた。

「咲良さん、眠れないんですか？」

もう一か月近く咲良の不眠は続いている。今夜も体力を回復できずふらついている。

「なにしてるの？」

祐司は胸に抱いている子猫を、咲良によく見えるように抱き直す。

「ミルク、やってみますか？」

「え？」

祐司は有無を言わさず咲良にスポイトを押し付けた。猫用ミルクを吸わせるための、ごく小さなものだ。けれど、肝心の子猫は渡さない。両手で優しく包み込んで、子猫の顔を咲良に向けた。

こでまりがまだミルクを飲んでいたとき、こでまりの世話は両親がしていたから、どうやって引っ切り無しに鳴き続ける子猫にスポイトを認識させるのか咲良は知らない。戸惑うことしかできず、祐司に視線をやる。

「そのまま、子猫の口にスポイトを持っていってください」

自分はなにも考えられない。自分にはもう感情なんてない。だから祐司の言う通りにするのだ。咲良は淡々と手を動かす。

「ちょっと当ててやるだけで大丈夫です。この子は食欲旺盛です」

祐司が説明し終わる前に、子猫は咲良が差し出したミルクがたっぷり入ったスポイトを求めて首を伸ばした。咲良がスポイトを子猫の口に触れさせると、子猫はものすごい勢いでスポイトに食らいつく。

「少しずつ、スポイトを押してやってください」

怖い。咲良の顔から血の気が引く。こんなに小さな生き物の生死が自分の手の中にある。生殺与奪《せいさつよだつ》の権を握る、運命を握る、翻弄する。命の責任なんて負えるわけがない。それなのに祐司は、子猫を咲良に押し付けて、自分は手を離してしまった。咲良の手がカタカタと震える、動けない。子猫は温かい。子猫は柔らかい。子猫はみょーみょー鳴く。

手の中の生き物はみょーみょー鳴く。もしかしたら猫ではなくセミかもしれない。だって、こでまりがセミはみょーみょー言うのだと言っていた。そう思うと少し落ち着いた。

みょーみょーという音を発する口元にスポイトを当てて少しずつミルクを押し出す。子猫は必死にもがきながらミルクを飲み終わった。咲良はテーブルに突っ伏す。罪悪感、嫌悪感、今すぐ消えてなくなりたい。生きている猫を見たくなどない。セミなどではない、これは猫だ。こでまりではない、知らない猫。

「お腹いっぱいになったみたいですね」

祐司が両手で包み込んだ子猫は、目をつぶっている。幸せそうに眠っている。ただそれだけだ。それだけなのに、なぜかひどく血なまぐさく感じて咲良は吐き気を覚えた。

子猫は二時間置きに鳴く。そのたび祐司がミルクを与える。咲良は起きていてずっと祐司と子猫を見ていた。祐司は子猫が眠っている二時間の間にテーブルに肘をついて目をつぶる。眠っているのかどうかはわからない。子猫は小さな箱に入れられてテーブルの上に置かれている。光らないなとなぜか思って、咲良は気付いた。この箱はこでまりのものだ。こでまりのクリスマスツリーが入っていた箱だ。

ガタンと椅子が鳴る。子猫が入った箱を掴み上げて咲良は立ち上がった。乱暴に玄関の扉を開ける。今朝も雪は降り続いている。午前五時をようやく回ったところだ。外はまだ真っ暗だった。咲良は街灯を頼りに駆けだした。

那珂親水公園の水銀灯が、しらじらと、降ってくる雪を照らす。なぜか雪は宙に止まっているように見える。動いているはずなのにずっとそこにある。一片の雪が過ぎ去ると、次の一片がそこに現れる。雪はつぎつぎ通り過ぎて、けれどつぎつぎやってくる。

寒椿の生垣に辿り着くと、箱ごと揺すられていた子猫は弱りきって、みょーと鳴いた。

みょーみょー

みょーみょー

手に力が入らない。箱を取り落としそうだ。なくしてしまいたい。でも放したくなどない。

みょーみょー

みょーみょー

鳴き声が耳の奥でこだまする。きっとどこまでもついてくる。咲良は逃げられず、しゃがみ込む。ふわりと肩にコートが掛けられた。振り向くと祐司が優しく微笑んでいた。

「祐司くん、こでまりがいないの」

黙って頷く祐司に向かって、咲良は繰り返す。

「こでまりがいないの」

自分の手の中にクリスマスツリーの箱がある。キラキラ輝くクリスマスツリー。こでまりを照らすべきものが入っている箱。

「みょー」

こでまりが見つめていた輝くもの。こでまりが最期《さいご》まで見ていたもの。咲良と歩いて思いを焼き付けるために見たがった、たくさんの命の輝きが。

ぽつりと呟く。

「こでまりに見せたい」

祐司は黙って頷いた。


咲良の家は、まだ明けない夜のなか、ひっそりと佇んでいた。ここに来たのが何日ぶりだったか、咲良は覚えていない。なにも持たずに香川家から飛び出してきたが、家の鍵はコートのポケットに入っていた。こでまりを置いて家を出てから、ずっと入っていた。

扉を開けると家の中は少し明るい。クリスマスツリーが光を放っているようだ。

「こでまり？」

しんとした家の中、光だけが生き物のように動いている。咲良は光を追って奥へ進む。クリスマスツリーを置いている部屋に足を踏み入れる。

「……ただいま、こでまり」

部屋の中央に据えられた祭壇に小さな陶製の白い骨壺が載っている。隣に置かれたクリスマスツリーの光が陶器の白さをきらめかせる。緑、赤、白、青、黄。華やかな光が、あの十二月にこでまりの瞳を彩った鮮やかな光が、今もこでまりを照らしている。

「ほら、きれいでしょ」

咲良はこでまりの雪のように白い骨壺にクリスマスツリーが入っていた箱を近付ける。こでまりに子猫を紹介するかのように。

「みょー」

「きれいでしょ」

子猫にこでまりを紹介するかのように。

こでまりの骨壺を抱いて外に出ると、空が明るくなっていた。

ふと見ると、祐司はコートを着ていない。急に飛び出した咲良のために、咲良のコートだけを持って慌てて駆けだしてくれたのだろう。咲良は祐司の腕にぴたりと身を寄せる。

「暖かい？」

「はい」

子猫がみょーと鳴く。咲良は祐司が抱えている段ボール箱を覗き込む。

みょー

みょー

腹が減ったぞ、ミルクを寄越せ。子猫は覚束ない足取りで箱の中を歩き回る。

「帰ろう、祐司くん。この子に朝ご飯をあげなくちゃ」

「咲良さんがミルクをやってくれますか？」

目を伏せて俯いたが、咲良はすぐに顔を上げた。

「うん、私がミルク当番するね。祐司くんは徹夜だったでしょ。しっかり寝ましょうね」

空元気ではないとわかるしっかりした声と、思い出したように出てきた先生らしい話し方。祐司は優しい眼差しを向けて頷いた。

「そうだ、祐司くん。お願いがあるの」

「なんでしょう」

咲良からお願い事をされることが嬉しい。いつでもどんな願いでも叶えてやりたいと、祐司は気負って咲良に向き合う。

「カレンダー……」

小さな声はかすかに震えている。咲良はぐっと力を入れてもう一度言う。

「一月から始まるカレンダーを作って欲しい。新しくて、大きくて、たくさん書き込みができるカレンダーを」

「帰ったらすぐに作ります」

今にも駆けだしそうな勢いの祐司を咲良が止める。

「もうひとつ、お願いがあるんだけど」

咲良の瞳は揺れている。大きく息を吸って吐く。祐司はゆっくり待つ。

「子猫の名前、私が決めてもいい？」

「もちろんです」

祐司に頷いてみせてから、咲良は痛いほど真剣な目を子猫に向ける。どんな思いで子猫を見ているのだろう。大切な大切なこでまりの骨壺を抱いて。

「のばら、ってどう思う?」

「かわいいと思います」

即答した祐司に咲良は「良かった」と笑顔を見せる。祐司がずっと見たかった笑顔だ。まるで厳しい冬が終わり、暖かな春が訪れて花が開いたかのようだった。

祐司はふと気付いた。こでまりも、のばらも、春に咲く花だ。

「どうして春の花の名前なんですか?」

祐司が名づけのこだわりに気付いてくれたことが嬉しくて、咲良は丁寧に説明する。

「のばらは一月に植えるんだよ。それで春に花が咲くの。この子は一月生まれでしょう。これから大きく育ちますようにって」

そう言った咲良の視線は、濡れた道にこぼれ落ちた。

「こでまりも、そうやって名前をつけたんだよ。冬に植えて春に咲くの。こでまりは十一月生まれだからね」

「一月に植えるのでは遅いでしょうか」

咲良はきょとんとして首をかしげる。

「うちの庭に、こでまりの種を植えませんか」

じわじわと咲良の表情が変わる。全身から喜びがあふれ出す。

「今年のカレンダーに初めに書くことが決まったよ」

「なんですか？」

「三月になったら、こでまりを植えること。こでまりはね、冬だけじゃなくて、年を越して春になってから植えてもいいんだよ」

隣を歩く祐司も明るい笑みを浮かべる。

「そうだ、二番目は祐司くんの誕生日にあげるプレゼントを書いておこうね。なにか欲しいものはある？」

「なにも」

静かな声で帰ってきた答えに、咲良は唇を尖らせてみせた。

「えー、なにかあるでしょう」

「咲良さんがいてくれたら、それ以上なにもいりません」

咲良はじっと祐司の横顔を見つめる。ただ見つめるだけ、なにも言ってはくれない。祐司がもう一度口を開こうとしたとき、咲良が盛大に吹き出した。

「祐司くんは欲がないね。そう思うでしょ、こでまり、のばら」

愛おしそうに骨壺を撫でながら、祐司が抱えた小さな箱を覗き込む。

「にー」

のばらが鳴いた。まるで返事をしたかのようなタイミングだった。

「なんと言ったんですか？」

こでまりが話したときのように、祐司は尋ねた。咲良は子猫の目を見つめる。

「のばら？」

「にー」

はっきりと、わかった。咲良に返事をしようとしている。のばらが繰り返し鳴く声が朝日のなかに溶けていく。しばらく黙り込んでいた咲良の口元がほころぶ。

「きっと、ずっと傍にいてねって言ってるんだよ」

祐司がのばらの鳴きまねをする。

「にー」

とても優しい目で祐司は咲良を見つめた。咲良も同じ思いを祐司に伝える。

「にー」

思いが深ければ、どんな言葉もきっと伝わる。

「そうだよね、のばら」

「にー」

のばらは大切な言葉を繰り返す。楽しそうに何度でも。ずっと変わらぬ思いを込めて。

KiKi BUNKO

十三月《じゅうさんがつ》の子猫《こねこ》

溝口《みぞくち》智子《さとこ》

2025年2月17日　初版発行

発行者　笠倉伸夫

発行所　株式会社　笠倉出版社
〒110-8625　東京都台東区東上野2-8-7　笠倉ビル
［営業］TEL 0120-984-164
［編集］TEL 03-4355-1103
https://www.kasakura.co.jp/

印刷所　株式会社　光邦

装丁者　須貝美華

定価はカバーに印刷されています。

乱丁・落丁の場合は当社にてお取替えいたします。

本書は書き下ろしです。
この物語はフィクションであり、実在の人物・事件・団体とは一切関係ありません。

ISBN 978-4-7730-6704-0
Printed in Japan